우울해지면
디저트를 맛보아요

· 빵순이의 우울 극복법 ·

# 우울해지면
# 디저트를 맛보아요

한혜령 지음

우울이 결제 취소가 되는 그날까지!
서로의 페이스메이커가 되어 함께 걸어 나갑시다!

좋은땅

# 목차

## 1 절망 편 – 들이닥치는 대로 우울과 인연을 맺었다

**2** **희망 편 – 일단 해 보자는 마음으로 시작해 보긴 했다**

## 3 초월 편 - 어? 이게 되네?

# 프롤로그

: 우울을 선결제해 버렸다

시작은 달콤하고 평범한 월급날이었습니다.

직장인에게 월급날이라 하면, 가장 행복하지만 가장 슬픈 날. 들어오자마자 빠져나가는 것이 많은 날. 하지만 통장을 스쳐 지나가도 한 달간 일을 했던 수고가 돈으로 보상받는 날이라 통장에 찍힌 잔액을 보면 기분이 좋을 수밖에 없죠. 게다가 신용카드 따로 쓰지 않고 할부로 무언가 저질러 놓은 것이 없는 저에게는 더없이 달콤한 날입니다.

하지만 그날은 유독 들뜨는 기분보다는 오히려 차분해지는 느낌이 먼저 들었습니다. 월급날임에도 불구하고 일을 해서 그런가 싶다가도, 평소보다 바쁜 날이라 그런가 싶었지만 별 대수롭지 않게 생각했죠.

퇴근을 하고 나서도 덤덤한 기분이 유지되었지만 그저 잠깐의 감정이겠거니 넘기기 일쑤였습니다. 다른 일을 하면서 기분을 위로하면 되었고, 스쳐 지나가는 감정일 거라 생각했으니까요. 그러나 들어온 월급을 차곡차곡 정리를 하고, 맛있는 밥을 먹어도, 다양한 힐링을 위한 활동과 취미 활동을 해 보아도 저의 기분은 전혀 바뀌질 않았습니다. 오히려 왜 이런 걸 제가 하고 있나 싶은 회의감이 들기 시작한 거죠.

그래서 무작정 아무것도 하지 않기로 했습니다. 오히려 퇴근을 하고 나서 바삐 움직인 탓에 몸이 지쳐서 그런 게 아닐까 생각했으니까요. 가만히 누워서 체력을 충전하기로 하고 그 어떠한 생각도, 행동도 하지 않은 채 시간을 보냈죠. 그리고, 정신을 차려 보니 저의 장바구니와 제 손에는 온통 달달한 디저트와 빵뿐이었습니다. 원래도 달콤한 음식들을 좋아하긴 했지만, 단시간에 수도 없이 많은 음식을 먹은 적은 그날이 처음이었죠. 배달도 시키고, 집에 남아 있는 것들도 먹느라 배가 부른지도 모를 정도였습니다.


그제서야 알게 된 겁니다. 무기력과 우울이라는 감정이 저의 몸을 잠식해 버렸다는 것을요. 일이 바쁘다는 이유로 제 안의 우울을 만나려는 날을 차일피일 미루었던 것입니다. 쉬는 날이 오더라도 다른 것을 해야만 한다는 이유로 저의 감정에 똑바로 마주할 일을 미루기 일쑤였던 어느 날. 그런 제게 들이닥친 초대하지 않은 손님은 바로 '우울'이었습니다. 항상 밝고 공과 사를 구분 잘한다고 믿어 왔던 제가 이런 손님이 찾아올 줄 누가 알았을까요.

저는 월급날에 우울이라는 것을 선결제해 버렸습니다. 언젠가는 끝날 할부도 아닌 일시불로 말이죠.


그렇게 찾아온 손님을 저는 반갑게 맞이하지도, 문전박대 하지도 않

• 우울해지면 디저트를 맛보아요

았습니다. 어떻게 해야 할지를 몰라 가만히 있었죠. 그랬더니 그 손님은 아예 제 마음과 머릿속에 자리 잡은 채 나올 생각을 하지 않았습니다. 언제 나가나 지켜보았지만 오히려 그럴수록 더욱 뻗을 자리를 찾고 있었죠.

그런 손님을 보며 처음에 저는 아무것도 할 수가 없었습니다. 우울이라는 감정과 동시에 무기력감이 들며 어떻게 해야 할지를 몰랐거든요. 그냥 가만히 두면 언젠간 지나가겠지 싶은 안일한 생각도 있었고 자연스럽게 왔으니 자연스럽게 사라질 거라는 믿음도 있었죠. 그럼에도 불구하고 사라지지 않고 오히려 심화되는 감정에 그제야 무언가를 해야겠다는 생각이 들었습니다.

우울함에 저도 모르는 사이 무의식적으로 빵을 먹으며 기분을 바꿔보려고 했던 것처럼, 의식적인 행동을 통해 선결제한 우울을 결제 취소하겠다는 마음가짐으로 말이에요!

마음대로 선결제를 해 버렸지만, 결제 취소는 제 의지로 해 보겠다는 생각에 하나씩, 천천히 시도했습니다. 때로는 실패하고 좌절했지만 결국 우울을 결제 취소할 수 있었던 저의 이야기를 담은 책.

우울이 결제 취소가 되는 그날까지!
서로의 페이스메이커가 되어 함께 걸어 나갑시다!

# 1

# 절망 편

들이닥치는 대로 우울과 인연을 맺었다

## 1) 슈톨렌 : 유언장이 쓰고 싶어졌다

* 슈톨렌(stollen) : 아몬드, 향신료, 과일을 듬뿍 넣고 구운 빵에 버터를 바른
  후 슈거 파우더를 뿌려 만든 독일식 과일 케이크

유언장(遺言狀). 사후를 예상하여 생전에 의사 표시를 기록한 내용으로 작성자가 사망 후에 효력이 발생하는 문서.

흔히 우리가 알고 있는 유언장의 뜻은 변하지 않았으나, 제 마음에는 많은 변화가 있었습니다. 과거의 제가 유언장이라는 단어를 들었을 때에는 괴리감이 크게 느껴졌었죠.

*유언장? 그건 죽을 날을 받아 놓거나 죽기 전에 남아 있는 사람들에게 나의 의사를 밝히기 위해 쓰는 거 아니야?*

아직 이렇게 버젓이 살아 있고, 큰 병이 있는 것도 아니며, 산 날보다 살날이 많이 남은 제게 유언장이란 그저 먼 훗날의 이야기라 느껴졌습니다. 항간에는 미리 쓰면 좋다는 얘기도 있었지만 그 당시의 제게는 그 말마저 달콤하게 느껴지지 않았죠..

하지만, 우울증 초기의 제가 그 단어를 마주했을 때는 느낌이 완전히 달랐습니다.

*유언장? 내가 만약 죽으면, 내가 가지고 있는 것들을 다른 사람들이 가로채면 어떡하지? 남아 있는 가족들에게 꼭 돌아가야만 하는데…. **유언장, 한 번 써 볼까?***

살아 있는 것보다, 죽음을 먼저 생각하게 되는 것은 물론이거니와, 자연스럽게 유언장이 저와 아주 가까이 느껴졌습니다. 그 유언장을 작성하고 나서 돌아서자마자 죽음을 담담하게 맞이할 수 있는 사람같이 말이에요. 오히려 지금 쓰지 않으면 나중에는 큰일이 날 것 같다는 생각마저 들었습니다. 그 정도로 삶에 대한 미련이 크게 들지 않았어요. 어차피 사람은 태어났으니 죽을 일만 남았는데, 그 기간이 당겨지는 것쯤이야 아무렇지 않다는 생각이 순간적으로 지나갔습니다.

그렇게 저는 유언장을 쓰기 시작했습니다. 무작정 탁자 위에 있는 노트북 전원을 켜고, 메모장을 열어 한참을 화면만 바라보았습니다. 쓸 수 있는 내용도 없고, 쓰고 싶은 내용이 없었습니다. 무엇을 써야만 할까요? 제가 죽고 나면 대체 어떤 것이 남겨지고 어떤 걸 남겨야만 할까요? 한참을 생각해도 답은 나오지 않았습니다.

메모장 화면만 바라본 채, 생각은 많아지고 점점 부정적인 생각들이 몰려오며 그것을 벗어나지 못한 채 계속 흘러들어오는 대로 받아들이고 있었습니다. 유언장을 쓰기 위해 책상 위에 앉아 노트북을 켠 사람. 그리 생각하니 안 그래도 우울하던 감정이 더 우울해지기 시작하더군요. 비처럼 쏟아지는 부정적인 생각들을 피하지 않고 우산 없이 묵묵히 비를 맞고 있는 상황. 그 상황 속의 저는 무기력 그 자체였습니다.

이러한 무기력함과 함께 써 내려간 유언장에 결코 좋은 내용이 적혀 있을 리가 없었습니다. 우울하고, 암울하고, 참담하고, 무기력하고, 슬프면서도 축 처지는 기분이 담긴 유언장. 그 기분에 잠식되어 작성한 유언장은 그 기분이 그대로 담긴 단어들과, 감정 표현 투성이였죠.

제가 쓴 유언장을 몇 번이고 다시 읽었습니다. 보기만 해도 우울함이 가득한 그 유언장을 말이에요. 그 기분이라도 곱씹으려는 것인지, 몇 번이고 유언장을 읽고 또 읽다 문득 이 유언장을 쓰게 된 계기를 생각해 보았습니다.

지금 당장 죽겠다는 건 아니었습니다. 그 정도로 삶을 포기할 용기가 있는 사람은 아니었습니다.

지금 당장 저의 모든 것을 배분하겠다는 의도도 아니었습니다. 그 정도로 재산이나 자산이 많지 않았습니다.

지금 당장 어떻게 해 보겠다는 건 아니었습니다. 그럴 기력이나 힘조차도 없었습니다.


정리.
저는 정리가 하고 싶었습니다.

이 우울한 감정으로 어떤 일이든 일어날 것만 같았고, 어떤 일이든 벌일 것만 같아 그 전에 모든 것을 정리하고 싶었습니다. 앞서 얘기했다시피 물건들을 정리하듯 제 삶을 정리하고 싶었던 것입니다.

제 삶의 전환점이나 무언가를 변화시키겠다는 생각은 전혀 들지 않았고, 단순히 정리를 하고 싶다는 생각에 쓰게 된 유언장. 우울증 초기의 저는, 무작정 정리를 하고 싶다는 생각이 많았습니다. 그것이 인간관계든, 물건이든, 재산이든, 뭐든. 불안정했던 마음은 정리하겠다는 생각을 하지 못하면서 말이에요.

이러한 점에서 유언장을 쓰던 저의 마음이 독일식 케이크인 '슈톨렌(stollen)'과 같다고 생각했습니다. 슈톨렌이라는 디저트를 알게 되자마자 저는 곧바로 떠오르는 문장이 하나 있었거든요.

*슈톨렌의 속은 먹어 봐야 안다.*

슈톨렌은 과일과 아몬드 등 다양한 재료들을 속에 넣어 길쭉한 모양으로 만듭니다. 모양이 길쭉하기 때문에 그 안에 다양한 재료들을 넣을 수 있죠. 즉, 직접 갈라서 그 안을 보지 않으면 슈톨렌 안에 어떤 재료가 들었는지 볼 수 없습니다. 반드시 한 입을 베어 물거나 칼로 조각을 내야지만 그 안을 들여다볼 수 있죠. 결국은 아주 많은 재료들이 들어가지만 결국 그 안에서 섞이고, 길쭉한 모양 안에서 마음대로 섞여 고르게 배분이 되지 않으며, 그 속 역시도 잘라야지만 어떤 재료가 있는지 확인이 가능한 겁니다.

유언장을 쓰던 저의 마음도 그와 비슷했습니다. 정리되지 않은 모든 말, 단어, 생각들이 한 곳에 들어갔지만 마구 섞여 있었고, 일단 유언장이라는 것을 완성은 시켰지만 그 속을 들여다보기 전까지는 제대로 알 수 없었죠. 한 가지의 재료가 아닌 다양한 재료들이 들어가 한꺼번에 섞여 고르게 배분되지 않은 채 완성이 되는 슈톨렌이 꼭 저의 유언장과 같았습니다. 결국은 아름답게 슈거 파우더를 장식하지만 사실상 그 속은 썩었는지, 제대로 되어 있는지 알 수 없는 이 디저트가 저의 마음과 제가 작성한 유언장과 같다니. 속을 꼭 들여다 볼 필요가 있다고 생각했습니다.

작성된 유언장은 다시 읽어 보았지만 정리되지 않은 이 불안정한 마음으로는 더 이상 고칠 힘도, 새롭게 쓸 힘도 없었습니다. 그저 우울함이 지속되면서 그 복잡한 속을 그대로 두었죠.

속을 들여다볼 필요가 있다고 생각했으나 그럴 여유까지는 없었던 거죠. 정리되지 않은 속을 가진 슈톨렌처럼 제 유언장은 그대로 남아 있었습니다. 나중에 다시 읽어 보지도, 수정하지도 않은 채 말이에요.

## 2) 크레프 : 흥미가 있는 것들을 팔기 시작했다

* 크레프(Crepe) : 밀가루나 메밀가루 반죽을 얇게 부치고 그 위에 다양한 속
  재료를 얹어 싸 먹는 프랑스 요리

혹시 '크레프(Crepe)'라는 디저트를 아시나요? 우리나라에서는 크레페로 많이 알려진 디저트인데 이는 얇은 반죽 위에 다양한 속 재료를 얹어 만드는 디저트입니다. 여기서 강조하고 싶은 부분은 바로 '다양한 속 재료'입니다.

어렸을 때부터 하나에 집중하는 능력이 부족해 가만히 있질 못했고, 한 자리에 앉아 하나에만 매진하는 것이 어려웠던 저는, 좋게 말하면 다양한 것들을 많이 접하는 것을 좋아하는 거였고 나쁘게 말하면 제대로 된 한 가지를 얻지 못하는 아이였습니다. 하나를 좀 하려고 하면 집중력이 떨어져 다른 곳에 흥미를 가지게 되고, 또 그 일에 대해 집중력이 떨어지면 다른 것을 하려고 하는 그런 아이. 결국에는 아무것도 제대로 하지 못한 채 그저 수박 겉핥기식으로만 모든 것을 해 나가던 그런 아이. 얕고 옅은 능력들이 많았죠.

그 습관은 변하지 않고 그대로 자라 결국 어른이 되어서도 제대로

하지 않는 취미만 많아졌습니다. 완벽하게 구사하는 것 없이 그저 기본만 할 수 있는 취미. 글쓰기, 그림 그리기, 비즈 공예, 액세서리 공예, 피아노 치기, 사진 찍기 등 '할 줄 아는 것 같긴 한데 어디 가서 한다고 말하기에는 애매한 정도'의 취미로 인해 제가 가지고 있는 그와 관련된 용품들은 넘쳐났었습니다. 이런 저의 습관을 보며 저는 곧바로 '크레프(Crepe)'라는 디저트를 떠올렸습니다. 얇은 곳에 무언가를 차곡차곡 무겁게 넣어 버리는 모습이 꼭 얇고 옅은 것을 취미이자 습관으로 만들고 있는 저와 꼭 닮아 있었거든요.

이러한 크레프 같은 취미를 가졌던 당시에는 그저 우울해질 때, 혹은 스트레스를 너무 많이 받을 때 취미로 해결할 수 있으면 좋겠다는 생각으로 여러 가지 취미를 만들었고, 정말 그런 일이 있을 때면 그날 하고 싶었던 취미를 했었습니다. 당장 스트레스가 풀리지는 않았지만, 적어도 그 순간만큼은 스트레스 받은 이유나 일, 상황들이 떠오르지 않아 참으로 좋았죠. 당장 해결되는 것이 없더라도 잠깐의 휴식이라는 느낌을 받아서 참으로 좋았습니다.

그래서 저는 취미를 하나둘 늘려갔습니다. 처음에 단순히 액세서리만 만들다가 비즈 공예를 알게 되었고, 비즈 공예를 하면서 레진 공예를 알아 가는 등 다양한 취미를 열심히 만들어갔습니다. 그리고 완성된 작품들이 비록 투박하고 멋은 없었지만 즐거웠죠.

뿐만 아니라 연예인 물건을 모으는 것에도 취미를 두었습니다. 좋아하는 연예인을 자주 보고 싶고 가까이 두고 싶다는 생각에 소속사에서 만들어 주는 공식 물건을 모으기도 하고, 앨범이 나온다면 무조건 예약을 해서 발매 첫날부터 받아 직접 뜯어보는 기쁨까지! 세상에 있는 모든 취미란 취미는 다 가질 것만 같이 많은 취미들을 차곡차곡 쌓아 올렸습니다.

그랬던 제가 우울이라는 감정과 함께 손을 잡는 순간, 그 취미들은 순식간에 짐 덩어리가 되어 있었습니다. 조금이라도 우울한 감정이 들거나 그날따라 축 처지는 느낌이 들면 일단 그날 하고 싶은 취미를 찾던 제가 이제는 시선도 가지 않고 생각도 들지 않고 아무것도 하고 싶지 않은 느낌을 받기 시작했습니다. 대체 어떻게 저런 것들로 무너진 감정들을 억지로 쌓아 올리려고 했던 것인지. 과거의 제 자신이 한심하게 느껴지며 저절로 혀를 차게 되더라고요.

그 감정이 더욱 심화가 되었을 때 저는, 이미 모든 것들을 팔기 위해 정리를 하고 있었습니다. 제 방 안 한 곳에 자리 잡은 모든 취미와 관련된 물건들을 버리거나 팔기 위해 준비를 하고 있었죠. 얇고 옅은 취미는 오래가지 않았습니다. 빠른 판매를 위해 최대한 사진을 잘 찍으려고 이곳저곳에 물건들을 펼쳐 보기도 하고, 사진이 마음에 안 들면 다시 찍기를 몇 번. 다 펼쳐 놓은 물건들을 바라보며 다시금 느낍니다.

*내가 지금 뭐하는 거지?*

자연스럽게 느껴지는 현실 자각 시간. 또다시 우울이 제게 손을 내밉니다. 저는 무기력하게 그 손을 잡게 되죠.

해 봤자 발전이 있었던 것도 아니고, 스트레스가 완벽하게 풀리는 것도 아니며 기분이 마냥 행복해지고 좋아졌던 것만은 아니었던 이 흥미 있었던 취미와 관련된 물건들. 그리고 우울해지자마자 그것을 정리하려고 하는 저의 모습. 이 모든 것들이 또 다른 우울을 낳았고, 또 다른 우울에 빠지게 만들었으며, 당시의 저는 그런 우울감을 이겨 낼 방법이 없어 그대로 빠져들었습니다. 벗어날 생각을 할 겨를도 없었어요.

그러니 자연스럽게 크레프라는 디저트가 떠오를 수밖에 없었어요. 우리가 크레프를 먹을 때의 모습까지도 연상이 되었죠. 크레프는 완성된 모습만 보면 너무나도 완벽하고 좋아 보이지만 막상 먹기 위해 그것을 손에 쥐게 되면 곧바로 얇은 반죽 때문에 안에 있는 재료들은 우수수 떨어지곤 하죠. 국물 같은 소스도 흘러내리고, 단단하게 박혀 있지 못하는 재료들도 바닥으로 추락하고 맙니다. 가끔 우울할 때 취미를 찾으며 열심히 시도해 놓고, 막상 우울이라는 감정이 다가와 이기지 못한 채로 그 취미에 관련된 물건을 팔고 있는 모습을 보자니 속절없이 바닥으로 떨어지는 크레프 재료들과 같았습니다. 다시 주워 담을 수도 없는 속 재료들.

결국 그 모든 물건들을 판매하기 위해 구매자들과 연락을 하고, 포장을 하고, 택배를 보내는 내내 그저 빨리 없어지기만을 바랐던 감정들만 남았습니다. 택배를 보내기도 하고, 직거래를 하기도 했던 시간들이 지나는 순간, 저는 직거래가 활발하게 일어나는 당근마켓의 활발한 유저가 되어 있었다는 난감한 후기만이 남아 있었습니다. 저는 웃어야 할까요, 울어야 할까요?

# 3) 에끌레르 : 글쓰기가 싫어졌다

* 에끌레르(éclair) : 프랑스어로 '번개'라는 뜻의 에클레르는 '매우 맛있어서 번개처럼 먹는다'는 뜻으로 붙은 이름이다. 크림으로 속을 채우고 퐁당 아이싱을 덧입힌 길쭉한 모양의 슈 페이스트리

어렸을 때부터 지금까지 책 읽는 것을 좋아해서 습작을 하기도 하고 글을 써 보기도 했던 저는 글을 쓰는 것에 취미를 두었습니다. 누군가에게 글을 써 주는 것도 좋아했고, 다른 사람이 쓰는 글을 읽는 것도 좋아했으며, 같이 글을 쓰는 것에 대해 이야기를 나누는 것 역시도 좋았습니다. 그저 글이라면 쓰는 재미도, 보는 재미도, 나누는 재미도 있다고 생각했던 저에게 글을 쓰는 동안은 큰 스트레스를 받지 않고 기분 좋게 할 수 있었습니다.

저에게는 아주 좋은 취미를 얻은 셈이었죠. 특정한 주제에 대해 글을 쓰는 것도, 아니면 상대가 원하는 글을 쓰는 것도, 혹은 제가 떠올렸던 글을 쓰는 것들도 모두 즐거웠으니까요.

어느 날은 다른 사람이 원하는 글을 써 주고 어느 정도의 원고료를 받는 일이 있다 하여 일을 하는 틈마다 시간을 내어 그 일을 조금씩 시작했습니다. 처음에는 아무런 경력이 없어 아무도 제게 맡기지 않으려고 했지만, 점차 쌓이는 저의 포트폴리오를 보고 마음에 들어 하는 사

람들에게 연락을 받아 글을 쓰는 것에 대한 나름의 커리어를 쌓아 갔죠. 정말 긴급하고 하지 않으면 안 되는 일이라기보다는, 취미를 살려 돈도 벌고 스트레스도 풀고 즐거움도 얻을 수 있는 일석삼조의 효과를 얻을 수 있는 일이었습니다. 그렇기에 제게는 더할 나위 없이 좋은 일이었죠. 글을 쓰면서도 이렇게 행복을 얻을 수 있고, 심지어 용돈벌이도 할 수 있다니! 그저 행복한 취미라고 생각했습니다.

자연스럽게 저에게 노트북은 떼려야 뗄 수 없는 관계였고, 남는 시간이 있다면 글을 쓰는 것에 열중하기도 했습니다. 그저 노트북을 펼쳐 놓고 앉아 있는 것만으로도 행복을 느낄 수 있고 스트레스도 풀 수 있으며 다른 생각은 하지 않은 채 그것에 온전히 집중을 할 수 있다니. 이것만큼 몰입하고 이것만큼 자신이 있었던 취미는 처음이었기에 당연하게도 빠져들었던 글쓰기.

하지만, 우울함이 몰려왔던 날 이후부터는 글 쓰는 것을 원하지 않은 정도가 아니라, 싫어졌습니다. 손이 가지 않는 것은 물론이고, 노트북을 보기만 해도 진절머리가 날 것 같은 기분이 들었습니다. 지금 눈에 보이는 이 노트북을 어디에 담아 구석에 넣어 버리고만 싶은 그런 느낌. 보고만 있어도 힘겨울 정도로 보고 싶지 않은 것이 되어 버린 것은 온전히 제가 감정에 지배되었기 때문이었습니다.

우울감. 우울한 기분.
그 하나가 저의 많은 것을 이렇게 바꿀 줄은 상상조차도 하지 못하였습니다. 너무나도 좋아했던 취미는 이제 짐 덩어리가 되어 쓰레기통에 버리는 것만으로도 부족할 처지가 되었습니다. 그나마 쓰고 있었던 글들을 다 지우고 완전히 삭제하는 과정을 거치기도 했고, 아니라면 아예 보이지 않는 곳으로 정리해 버려 그 어느 곳에 시선을 두더라도, 혹은 필요에 의해 노트북을 켜게 되면 절대 보이지 않게 숨겨 버렸습니다.

맞습니다, 정리를 해 버린 것이죠. 다른 것들을 정리하고도 부족해서 이제는 글을 썼던 파일들과 폴더까지도 정리를 해 버린 겁니다.

그 정리의 과정은 정말 순식간이었습니다. 마치 번개가 내리치는 것처럼 맛있어서 빠르게 먹어 버린다는 어원을 가진 '에끌레르(éclair)'라는 디저트와 같이 말이에요. 에끌레르는 맛있기라도 했지, 글을 정리하는 과정은 하나도 즐겁거나 행복하지 않았습니다. 우울한 감정을 기반으로 했던 그 정리는 결코 흥겹지 않았거든요. 좋아서 했던 것이 아니라, 우울이라는 좋지 못한 감정에 지배되어 했던 행동이기 때문에 더욱 그랬습니다.

모든 정리가 끝난 뒤에야 무엇 때문에 제가 이렇게까지 했는지 뒤늦게 깨달았습니다. 하지만 이미 모든 것을 정리해 버린 뒤였죠. 후회라는 감정이 느껴지기보다 일단은 제 감정을 다시 한번 되새겨 보기 시작했습니다. 대체 어떤 감정이 저를 좀먹었는지 알고 싶었거든요. 그렇게 좋아하던 취미를 이렇게 순식간에 정리해 버릴 정도의 감정이었던 것인지 스스로가 알고 싶었던 것일지도 모릅니다.

 그렇게 알게 된 저의 '우울'이라는 감정, 그리고 기분. 이 기분은 제 마음대로 움직일 수도, 조정할 수도 없는 감정이라는 걸 그때는 알 수 없었습니다.

## 4) 사블레 : 갑자기 주변의 모든 것을 정리하기 시작했다

* 사블레(Sablé) : 프랑스어로 '모래가 뿌려진, 모래가 깔린' 등을 뜻하며, 그 이름처럼 설탕으로 인해 모래알이 부서지는 듯한 식감으로 이름이 붙었다.

'사블레(Sablé)'라는 디저트를 아시나요? 우리나라에서는 '사브레'라는 이름으로 나온 과자와 식감이나 모양이 비슷해서 알고 있는 분들도 있을지 모릅니다. 사블레는 프랑스어로 '모래가 뿌려진, 모래가 깔린'이라는 뜻을 가지고 있는데, 그 이름처럼 설탕으로 인해 모래알이 부서지는 듯한 식감이 그 말과 닮아 붙여진 이름이라고 합니다. 지금은 이 디저트와 같이 무너져 버리는 것에 대해 이야기해 보려고 해요.

저는 원래도 정리하는 것을 참으로 좋아합니다. 주변을 깔끔하게 해 놓고, 저만의 공간 안에서 즐기는 시간들을 참으로 좋아하죠. 저의 공간 안에서 보내는 그 시간들은 정말로 달콤하고 편안하며, 즐겁기까지 해서 제 주변을 깔끔하게 정돈해 두는 편입니다. 물론, 방뿐만 아니라 다른 것들도 마찬가지입니다. 경제적인 문제와 직면되는 자산도 그렇고, 인간관계도 그렇고, '정리'라는 단어와 함께 어울리는 모든 것들을 되도록 깔끔하고 보기 좋게 만드는 것이 저의 일상이고 재미였습니다.

본래 정리나 청소에 재미를 느끼고 있는 제가, 어느 날은 갑자기 강박적으로 정리에 대해 집착을 하기 시작했습니다. 지금 생각하면 그것이 우울의 초기이자 시작이었던 것 같아요. 늘 깨끗하게 정돈되어 있는 제 방이 그렇게도 마음에 들지 않을 줄이야! 가만히 책상 위에 앉아 주변을 두리번거리다 정신을 차리고 보니 제가 제 방을 또 정리하고 있었습니다. 가지고 있는 물건들의 위치를 바꾼다던가, 평소에 자주 보기 위해 올려두었던 인테리어 제품들을 다 하나의 박스 안에 집어넣어 보이지 않게 만들었고, 최대한 아무것도 보이지 않게 깔끔함에서 더욱더 깔끔함을 원한다는 듯 정리를 이어갔죠. 정리를 하는 동안에도 아무런 생각이 들지 않았습니다. 그저 지금 눈에 보이는 모든 것들이 거슬렸고, 그것을 정리하고 치우고 싶다는 생각들뿐이었습니다. 어떤 감정인지, 어떤 느낌인지 파악할 새도 없었습니다.

제 방을 정리한 뒤로 끝이 났다면 모를까, 저는 이제 저의 통장들과 자산들을 바라보며 이 또한 정리하기 시작했습니다. 각종 은행에 가입되어 있는 통장과 카드, 그리고 모으고 있는 적금까지 다시 한번 확인하며 이걸 어떻게 모으는 것이 좋고, 어떤 식으로 사용하면 좋을지에 대해 진지하게 고민을 하고 있었습니다. 뒤늦게 깨닫고 제가 정리한 것들을 보면 정말 터무니없이 많은 금액을 이상한 곳에 쓰고, 정리를 했음에도 엉망진창인 모습이었지만, 마냥 정리를 해야 한다고 생각했을 때는 그게 옳다고 여겼겠죠. 그만큼 정신도 없었고, 어떤 한 곳에 집중을 하고 싶었던 것일지도 모릅니다.

방도 정리했고, 재산도 정리한 다음에는? 인간관계도 정리하기 시작했습니다. 평소에 연락처나 메신저 대화를 잘 정리하지 않던 제가, 갑자기 휴대폰 안의 연락처를 하나하나 바라보며 연락이 끊겼거나 혹은 왜 저장되어 있는지 기억나지 않는 모든 연락처를 지우기 시작했습니다. 메신저도 마찬가지였습니다. 친구로 등록되어 있지만 누구인지 모르는 사람, 그리고 연락을 자주 하지 않았던 사람, 혹은 억지로 관계를 이어 가고 있는 사람… 등 모든 사람들을 삭제했고, 그와 동시에 잘 이어 가지 않는 대화까지도 나가기에 이르렀습니다.

보통 정리를 하고 나면 속이 시원하거나 기분이 좋아져야 한다고 생각합니다. 평소 정리를 할 때도 상쾌한 기분이 들고 싶거나, 혹은 거슬리던 것을 깔끔하게 정리했을 때 만족감을 느꼈거든요. 그러나 이번에 했던 정리들은 어쩐지 마음이 불편해졌습니다.

*내가 왜 정리한 거지? 갑자기, 왜?*

그저 의문이 가득했던 저의 행동. 시원함과 상쾌함은 없고 찝찝함만이 남았던 저의 정리는 그렇게 끝이 났다면 좋았을 테지만… 그 이후로도 아무런 이유 없이 정리를 하고 싶어지는 마음을 참지 못한 채 이미 정리된 곳을 또 바라보고, 어떻게 하면 저걸 정리할 수 있을지에 대해 고민을 끊임없이 하게 되었습니다. 마치 제 마음속 누군가가 빨리 저 부분들을 정리하라고 달콤하게 속삭이는 것처럼 말이에요. 정리를 해도 속이 시원해지고 편해지는 것도 아님에도 불구하고 저는 이유 없이 그 행동들을 계속 반복하고 또 반복했습니다. 정리를 해도 나아지지 않는 이 기분을 가지고서 말이에요.

정리를 하고 난 뒤 시원한 감정이 아닌 애매하고 모호한 감정이 남자, 저는 문득 깨달았습니다. 무뎌지고 있다고 생각했지만 무너지고 있다는 것을. 우울이라는 것에 무뎌지는 게 아닌 무너지고 있었던 겁니다.

아까 '사블레(Sablé)'라는 디저트에 대해 이야기했던 것을 기억하시나요? 갑자기 주변을 정리하면서 이 디저트를 언급했던 이유는, 사블레를 씹는 것과 같이 하나의 자극을 주면 그대로 무너져 버리는 저의 감정이 그 디저트와 매우 닮은 거 같았기 때문입니다. 주변을 정리하는 것부터 인간관계까지 정리를 하려는 그때의 모습이 그 디저트와 같았지 않았을까.

아니, 어쩌면 그 전부터 이미 무너지고 있었는데 그걸 정리함으로써 알게 된 게 아닐까요. 아름다운 모습의 디저트지만, 결국은 씹거나 가르려는 자극이 들어가면 그대로 무너져 버려 모양을 알 수 없게 되어 버리는 사블레. 저는 그 디저트와 꼭 닮아 있었습니다. 정확하게는, 이미 무너져 버려 모양을 알 수 없게 된 사블레와 말이죠.

## 5) 푸딩 : 슬프고 감동적인 사연에 공감이 가고 눈물부터 나왔다

\* 푸딩(Pudding) : 밀가루에 과일, 우유, 달걀 등을 넣고 향료와 설탕을 넣어 구워 만든 것으로 식후에 먹는 말랑말랑한 케이크의 일종

제가 좋아하는 디저트들 중에 '푸딩(Pudding)'이 있는데 이 디저트는 생각보다 호불호가 강한 것 같습니다. 부들부들하고 말랑말랑한 식감을 좋아해서 저는 푸딩을 굉장히 좋아하지만, 오히려 그런 식감을 좋아하지 않는 사람들이 있더라고요. 푸딩을 파는 디저트 가게를 찾아가기도 하고, 편의점에 새로운 푸딩이 나오면 직접 맛보러 갈 정도로 푸딩을 좋아하는 제가, 우울과 함께 하게 될 때는 제 마음이 푸딩과 같아졌습니다.

혹시 어렸을 때 많이 했던 심리테스트를 아시나요? 특정 상황을 주고서 나라면 어떤 생각을 하고 어떤 선택을 했는지 결정하게 되면 그에 맞는 각자의 심리나 성격, 혹은 숨겨진 재능들을 파악할 수 있는 흥미 위주의 테스트였습니다. 어렸을 때부터 그런 것들에 관심이 많고 좋아했던 제가 항상 공통적으로 나오는 항목이 있었습니다.

*감수성이 풍부하고 눈물이 많으며 예민하다.*

말 그대로 감수성이 풍부해 사람에 대해 공감을 잘하여 슬프면 슬픈 대로 기쁘면 기쁜 대로 동화가 잘 된다는 말이었습니다. 가볍게 진행했던 심리테스트였지만, 나름대로 정확하다고 생각했던 것은 매번 그런 결과가 나왔을 때부터였습니다. 과학적이거나 확실하진 않지만, 비슷한 부분은 있다고 생각했었죠.

실제로 저는 사람에 대한 공감을 아주 잘하는 사람이었기 때문입니다. 상대의 안 좋은 이야기를 듣거나 슬픈 이야기를 들을 때면, 정말 제가 겪는 일인 것 마냥 실제로 가슴이 아프고 안타까운 마음이 들어서 어떻게 하면 도움을 줄 수 있는지에 대해 생각을 했기 때문입니다. 그러면서 눈물이 글썽거리고, 눈시울이 붉어지는 등 굉장히 예민하고 감정이 풍부한 사람이었죠.

하지만 삶을 살아가다 보면 주변 환경에 의하여 성격이 바뀌게 되곤 합니다. 기존 성격이 완벽하게 탈바꿈 되는 것은 아니지만, 적어도 어느 정도의 변화는 일어나는 법이죠. 저 역시도 감수성이 굉장히 풍부하고 여렸던 사람이었지만, 사회생활을 하고 사람을 더욱 많이 만나면서 공과 사를 확실하게 구분할 줄 알고, 눈물을 흘릴 때와 참아야 할 때를 가릴 줄 아는 성인이 되었습니다.

그렇기 때문에 저는 무조건적으로 공감하지 않고, 상대에게 모든 것을 퍼 주려 하지 않으며, 최대한 이성적으로 판단을 내리려는 성격으

5) 푸딩 : 슬프고 감동적인 사연에 공감이 가고 눈물부터 나왔다 ·

로 변화되었습니다. 게다가 저의 직업 특성상 감정에 호소하기보다는 정확한 과학적인 근거와 이론을 바탕으로 특정 행동을 해야만 했기 때문에 더더욱 이성적인 태도가 필요했죠. 사람은 적응의 동물이라고, 그 직업에 꽤 오랜 시간 지내다 보니 자연스럽게 이성적인 생각과 태도가 형성이 되었습니다.

비록 천성이 여리고 감수성이 풍부하다고는 하지만, 무조건적인 헌신을 하지 않고 이성적으로 판단할 줄 알고 있는 사람이라 자신할 수 있었던 제가 어느 날은 그 모든 것이 잘못된 것은 아닐까, 이 모든 나의 노력은 물거품이 아닐까 싶은 생각이 들었던 때가 있었습니다.

평소와 다를 바 없는 아주 평범한 하루. 텔레비전에도 어제 봤던 드라마나 예능 프로그램들이 재생되고 있었고, 오늘의 주요 뉴스에 대해 보도하는 프로그램도 하는 등 일상적인 프로그램들이 방송하는 텔레비전을 시청하고 있었습니다. 어떠한 예능에서도 그렇듯, 즐거움으로 시청자들을 사로잡는 방송이 있는 반면, 가끔 감동적인 요소를 넣어 사람들의 감정을 자극하는 방송이 있기 마련입니다. 그날은 그런 예능 프로그램이 텔레비전에 방송되고 있었고, 저는 집중을 하거나 주의 깊게 보기보다는 가벼운 마음으로 시청하고 있을 때였습니다. 슬픈 사연이 나오고, 사람들의 감정을 자극하는 장면이 나오는 그때, 저의 눈동자 주변이 따끔거리기 시작했습니다. 그러면서 갑자기 저의 눈에는 뜨겁고 축축한 무언가가 흐르는 느낌이 들었고, 저도 모르게 고개를 들고 눈에서 흘러내리는 액체를 참기 위해 고개를 천천히 위로 들고 있었습니다.

그렇습니다. 저는 저도 모르는 사이 눈물을 흘리고 있었던 것입니다. 평범하게 시청자들의 감정을 자극시켜 감동적인 요소를 묘사하는 그 프로그램을 보면서 말이에요. 마치 숟가락으로 톡 건드리면 그대로 모양이 톡 하고 깨지는 말랑말랑한 푸딩 같은 모양새였죠.

과거의 제가 아닌, 이성적인 면도 있고 감정적인 면도 있는, 어느 정도 균형을 맞출 줄 알았던 저였다면 그런 장면을 봐도 마음이 뭉클해지며 안타깝다는 생각이 들었지만 눈물을 펑펑 쏟아 낼 정도로 심하게 공감을 하진 않았을 겁니다.

그러나, 어느 순간 찾아온 우울이라는 불청객이 저의 감정을 심하게 자극했던 것일까요. 감동을 자극하는 그 부분에서 방송의 의도대로 눈물을 흘리고야 말았습니다. 그것도 펑펑. 옆에 같이 텔레비전을 보고 있던 부모님께서 걱정스러운 표정으로 다독여 주실 정도였죠.

그날은 우연이겠거니, 혹은 제가 가장 예민하던 부분을 건드려서 그랬던 것이라고 생각했지만 그 뒤로도 몇 번을 슬픈 사연을 보거나 듣게 되면 눈물부터 터져 나왔던 날이 지속되었습니다. 왜 자꾸 울컥하는 마음이 들고, 가슴이 아프면서 그렇게 눈물을 흘리고 싶었던 걸까요. 가슴이 아픈 느낌보다는, 무작정 눈물이 흘러나와 곤란하고 난감했던 적도 있었습니다. 말랑말랑한 식감이 매력적이었던 푸딩을 좋아하던 제가 그런 푸딩처럼 마음이 말랑말랑해져 버린 겁니다.

우울이라는 예민한 친구는 참으로 저의 많은 것을 자극하고 바꾸게 되었습니다. 시도 때도 없이 흘리는 눈물이, 어쩌면 우울이라는 손님이 찾아왔다는 초기 신호가 아니었을까요.

# 6) 마카롱 : 씻기가 싫어졌다

* 마카롱(Macaron) : 프랑스의 대표적인 쿠키이자 머랭(거품) 과자의 하나로,
  속은 매끄러우면서 부드럽고 밖은 바삭바삭한 맛을 특징으로 가진 쿠키

저는 머리를 단 하루라도 감지 않으면 곧바로 기름이 지는 유분기가 많은 피부를 가진 사람입니다. 그렇기 때문에 기본적인 사회생활을 위해서 머리를 매일 한 번씩은 감아야만 했고, 머리를 감기 위해 허리를 숙이는 것을 좋아하지 않는 터라 샤워하는 것을 즐기는 편이었습니다.

고단한 하루가 끝이 나고, 지금 당장 침대에 내 모든 것을 내려놓고 싶지만 어쩐지 찝찝해지는 몸에 샤워실로 들어갑니다. 따뜻한 물로 온몸을 적시고, 향기 좋은 샴푸와 바디워시로 몸을 깔끔하게 씻고 난 다음 뽀송뽀송한 저를 맞이하게 되죠. 기분 좋게 머리를 말리고 침대에 누울 때면 그렇게 좋을 수가 없었답니다. '이게 바로 최고의 잠을 위한 나만의 준비지!' 하고 말이죠.

그런 제가 어느 날부터 씻고 싶지가 않았습니다. 특히나 일을 끝내고 돌아오는 연휴나 쉬는 날이면 더욱 그랬어요. 교대 근무 특성상 5일 연속 일을 하고 2일 정도를 쉬는 일반 상근직과는 달라 하루 일하고

이틀을 쉴 수도 있고, 3일 일하고 하루를 쉴 수도 있는 등 다양한 근무가 한 달에 배치되기 때문에 쉬는 요일이 딱 정해져 있지 않습니다. 그렇다 보니 매번 몸이 적응하기 위해 많이 달라지지만 그럼에도 불구하고 샤워는 꼬박꼬박 하는 편입니다. 집에 하루 종일 있어도, 머리를 묶어서 특별히 샤워할 필요가 없다고 해도 아침에 일어나 샤워를 하고 잠을 깨우는 편이었죠.

이런 평소의 습관에도 불구하고 매일 아침 일어나기 싫은 것은 물론이거니와, 아침을 깨우며 하루를 시작하는 것만 같은 저의 샤워 시간이 오지 않기를 기다리게 됩니다. 아침에 눈을 뜨면 그저 다시 눈을 감고 잠을 자거나, 혹은 뜬눈으로 가만히 침대에 누워 있게 됩니다. 그야말로 침대와 물아일체의 경지에 이르러 너무나도 편안하고, 더 나아가 모든 것이 귀찮다는 생각이 들기 시작하죠. 그리고 아무것도 하지 않습니다. 샤워조차 하지 않은 제게 다음 스케줄이 있을 리가 없었거든요.

이틀 연속, 혹은 그 이상의 연휴가 있을 때면 더욱 심해졌습니다. 2일이면 2일 동안, 3일이면 3일 동안 샤워를 전혀 하지 않고 그저 머리를 묶은 채로 기름기가 덕지덕지 묻은 그 상태를 계속 유지했으니까요.

제가 왜 그랬는지, 뭐가 잘못되었는지조차 파악이 되지 않았습니다. 매번 거울을 볼 때면 같은 생각이 들었습니다.

*굳이, 왜 씻어야 돼? 귀찮아.*

그 생각은 몇 번이고 반복되다가 일을 가야 할 때 겨우 정리가 되었고, 다시 연휴가 시작되면 또다시 귀찮다는 생각과 함께 샤워를 하지 않았습니다.

이런 것들이 계속 반복되면서도 저는 전혀 모르고 있었죠. 가장 기본적이고 기초적이면서도 저의 하루를 시작하는 것조차 하고 싶지 않는다는 생각들이 기분이 점점 다운되는 것의 시초라는 것을요.

이러한 하루들이 반복되고 또 계속되는 저의 모습은 마치 마카롱과 같았습니다. 출근을 하기 위해 샤워를 하는 제 모습은 마카롱의 겉과 같이 단단하지만, 결국 촉촉한 속은 금방 무너져 버리고 말았죠. 한 입 씹으면 그 바삭하고 단단한 겉도 속과 같이 무너져 내리는 것이 마카롱(Macaron)이지 않습니까. 일을 해야 할 때면 씻고 평소에는 무기력하게 씻지 않은 채 가만히 있는 제 모습이 한 입 베어 물어 모양이 망가진 마카롱이라 해도 과언이 아니었죠.

저는 우울과 함께 하는 내내 마카롱처럼 무너지고 있었습니다. 그리고 그걸 가만히 지켜만 보고 있었죠. 한 입 씹어 버리는 자극을 그대로 둔 채 속절없이 무너지고만 있었습니다. 벗어날 수 있다는 생각을 하지 못한 채로 말이죠.

# 7) 티라미수 : 사회생활이 힘들어졌다

* 티라미수(Tiramisu) : 이탈리아어로 tirare(끌어올리다)+mi(나를)+su(위로)의 합성어이며, 영어로는 pick me up(나를 끌어올리다)의 뜻을 가진 프랑스에서 시작한 가정용 디저트

인싸 중엔 아싸, 아싸 중엔 인싸라는 말을 들어보셨나요? 무언가를 이끌어 나가는 것이 어색하거나 낯을 가리는 사람들 앞에서는 어떻게든 그 분위기를 즐겁게 만들기 위해 노력하게 되어서 말을 더 많이 하게 되고 행동을 과하게 하게 될 때가 있지만, 반대로 이미 과하게 형성된 분위기 속에서는 가만히 그들의 이야기를 듣는 것을 주로 하며 반응만 보이게 되는 성격을 이야기합니다.

제가 바로 그런 사람이었습니다. 즉, 사회생활을 하든 친구를 만나든 조용한 분위기나 친구의 앞에서는 과하게 말을 하고 행동을 하며 분위기를 어떻게든 풀어 나가고 주도하겠다는 생각을 하게 되지만, 그 반대의 분위기나 친구의 앞에서는 이야기를 들어 주고 오히려 낯을 가리는 것마냥 가만히 있게 되는 사람이었습니다. 어떠한 상황인지 파악하고 빠르게 인지하여 그 분위기에 빠르게 녹아들 수 있었고, 그렇기 때문에 사회생활을 할 때에는 큰 어려움이 없었습니다. 간혹 잘 보이

고 싶은 마음에 생각 이상으로 과한 행동을 할 때도 있었지만, 그것이 큰 문제가 되거나 구설수에 오르는 등의 문제는 없었습니다.

그래도 일을 한 지가 꽤 되었는데 사회생활에 대한 두려움과 어려움을 표하기에는 제 성격이 그렇지 못했습니다. 적응력이 빠르고 눈치가 빠른 타입이었기에 그런 어려움이 제게 있을 거라곤 상상도 하지 못했죠.

그런 저의 사회생활에 문제가 있다고 느꼈던 것은 이미 우울이라는 단어가 제게 깊이 박혔을 때였습니다. 평소와 다를 바 없이 사회생활을 하고 일을 하며 직장에 잘 다니고 있었지만, 그날은 이상하게도 일을 하고 싶지 않고 기운도 없었으며, 사람들에게 대꾸하는 것조차 힘이 들었습니다. 작은 설명이라도 해 주어야 하는 상황이 닥쳤음에도 말을 하지 않고 다른 어떠한 대꾸를 하지 않은 채 그저 묵묵히 있기만 하던 저의 모습. 때로는 침묵이 필요할 때도 있다며 저는 그런 것을 유지하고 고수하는 것이라고 스스로를 합리화시켰지만, 돌이켜 보면 그것이 상대는 참으로 당황스러웠을지도 모릅니다.

침묵이 너무 두려운 나머지 그 침묵을 없애기 위해 괜히 다른 이야기들을 꺼내며 어떻게든 어색한 침묵을 없애려고 노력했던 그 시간들. 하지만 그 당시의 저는 그런 것도 없었습니다. 지금 당장 제가 너무 힘들고 지쳤기 때문에 그런 것마저도 생각할 겨를이 없었던 것이죠. 심지어는 적절한 타이밍에 웃으면서 대처를 해야 하고, 때로는 웃고 싶지 않아도 웃어야만 할 때가 있었지만 그때는 표정 관리조차도 힘이 들었습니다. 안 그래도 없는 힘을 쥐어짜내서 일을 하고 말을 해야 하며 대꾸를 해 주어야 한다니. 제게는 그게 가장 최고로 힘든 일이었음에 틀림없었죠.

아무런 생각도 안 들었습니다. 지금 제가 일을 하고 있다는 사실조차 망각하고 아차 싶었던 순간이 아직도 기억에 생생합니다. 당시에는 그저 일이 힘이 들어서, 잠을 제대로 못 잤기 때문에, 일 자체가 원래 그런 거니까 등의 생각으로 치부하려고 했었던 것도 기억납니다. 주변 사람들이 무슨 일 있냐고 물을 때면 항상 같은 대답을 하곤 했었으니까요.

*어제 잠을 못 자서 그래요. 걱정 마세요.*
*그냥 요즘 근무를 길게 해서 그런 거 같아요.*

저의 모든 것을 파악하지 못한 채 그저 그런 것들로 치부하려 했던 저의 모습. 정말로 일이 피곤해서, 잠을 자지 못해서였을까요?

그 당시의 저는 냉동실에 박혀 며칠째 나오지 못한 티라미수(Tiramisu)와도 같았습니다. 티라미수는 이탈리아어로 tirare(끌어올리다)+mi(나를)+su(위로)의 합성어이며, 영어로는 pick me up(나를 끌어올리다)의 뜻을 가진 디저트죠.

그러나 누군가가 꺼내서 먹어야만 제 몫을 하는 디저트가 냉동실에 박혀 나오지 못한 채 잊혀 가기만 했던 그날. 저는 냉동실에 박힌 티라미수와 같이 힘을 끌어올려 줄 것이 아무것도 없었습니다. 다만, 해야만 하는 사회생활이기에 아닌 척했을 뿐.

여전히 제 기운과 마음은 냉동실에 박혀 있기만 했습니다.

## 8) 바바루아 : 자꾸만 아무것도 안 하고 눕고 싶어졌다

* 바바루아(Bavarois) : 우유, 크림, 과일 퓌레로 만든 앙글레즈(crème an-glaise, 바바리안 크림)라는 크림을 이용한 과자로, 무스·젤리·블랑망제 등과 함께 서양에서 인기 있는 차가운 종류의 디저트. 거품 낸 크림, 거품 낸 달걀흰자, 젤라틴을 섞어 차게 식혀서 만든다.

한참을 휴대폰 만지는 걸 좋아해서 휴대폰만 하루 종일 만진 적이 있었습니다. 특별하게 무언가를 하기보다는, SNS와 인터넷, 영상이나 기사, 글들을 보며 말 그대로 시간을 보내기 위한 행동들이었죠. 중요하게 무언가를 찾는다거나, 어떤 정보를 알기 위해 휴대폰을 사용하며 시간을 보내는 것이 아니었습니다. 퇴근을 한 뒤에는 일을 하느라 힘들었으니 아무것도 할 힘이 나지 않아 가만히 앉아 휴대폰을 만졌고, 쉬는 날이면 그동안 힘들게 일했으니 지금만큼이라도 아무것도 하지 않고 쉬자는 생각으로 휴대폰을 만지며 시간을 보냈습니다. 1시간이 됐든, 2시간이 됐든, 하루가 됐든 신경 쓰지 않고 말이죠.

하지만 문득 그 시간들이 무료하고 아깝다는 생각이 들기 시작한 때가 있었습니다. 휴대폰을 가만히 들여다보며 흥미 없는 기사나 영상들을 그냥 지나치면서 시간만 보내고 있던 그때, 무의식적으로 바라본 시간.

• 우울해지면 디저트를 맛보아요

*뭐지? 언제 시간이 이렇게 지나간 거지? 나, 대체 무얼 하고 있었던 거지?*

현타라고 하던가요. 개인의 망상 속이나 개인의 공간 속에 있다가 현실을 자각했을 때 느끼는 허망감을 현타라는 줄임말로 표현하곤 하는데, 저는 딱 그때 그 감정을 느꼈습니다. '아, 대체 나는 뭘 하고 있었던 걸까?' 퇴근하고 나서, 쉬는 날이라면, 남는 시간이 적어도 2시간에서 많게는 10시간이 될 텐데 그 시간 동안 내내 도움이 되지 않는 기사들을 보고 SNS 게시물들을 보며 남들과 비교하며 속으로 자신을 깎아내린 적도 있고, 편향적인 기사들을 보며 줏대 없이 그 기사가 저의 가치관이었던 것마냥 믿어 버리며 상대에 대해 안 좋게 생각한 적도 있었죠.

네. 말 그대로 현타가 와 버린 것입니다.

그때 이후로 저는 그 시간들이 아까워 일단 집에서나 남는 시간 동안 읽고 싶은 책들을 옆구리에 끼고 다녔습니다. 화장실을 가더라도, 방에서 나와 거실을 가는 동안 내내 책을 읽지 않아도 일단 끼고 다녔습니다. 책이 보이면 심심해서 한 페이지라도 읽을까 싶은 생각이었죠.

원래도 책을 좋아하는 터라 또래 친구들에 비해서는 책을 많이 읽는 편이었지만, 그 남는 시간에 제게 도움이 되는 것을 하나둘씩 해 보자는 생각을 시작으로 책을 읽기 시작한 것입니다.

8) 바바루아 : 자꾸만 아무것도 안 하고 눕고 싶어졌다 ·

그렇게 시작한 자투리 시간의 독서는 굉장히 도움이 많이 되었습니다. 오히려 남는 시간 혹은 편안한 시간에 책을 읽다 보니 내용에 집중이 잘되었고 내용들이 잘 들어오기도 하고 이해력도 빨라졌습니다. 뿐만 아니라 제게 도움 되는 부분들이 책 속에 담겨 삶을 배우고 지혜를 배우니 저도 모르게 성장하는 느낌을 받았죠. 그만큼 자투리 시간의 활용은 그야말로 성장의 계단을 쌓은 것이나 다름없었습니다.

그것을 시작으로 저는 내내 자투리 시간 활용도를 높여 갔습니다. 때로는 하고 싶었던 것을 배우기 위해 강의를 듣기 시작하고, 무언가를 만들거나 써 보기도 하는 등 굉장히 많은 시간들을 보냈죠. 짧게는 10분, 길게는 2~3시간을 즐겁게 보내니 그 하루도 만족스럽게 마무리하며 잠을 청할 수 있었습니다.

그랬던 제게 이 모든 것이 한순간에 무너지는 순간이 나타나다니!

아마도 그날이 시작이었을지도 모릅니다. 현타를 느낄 정도로 허망했던 일들을 다시 시작했던 것이.

시간이 아깝다고 느낄 정도로 그 시간들을 활용하기 위해 많은 노력들을 하고 많은 것들을 해 왔던 제가, 어느 날은 그런 것도 잊은 채 단순히 일이 힘들었으니 오늘은 아무것도 안 하고 쉬고 싶다는 생각을 했습니다. 그와 동시에 제가 퇴근을 하자마자 했던 것은 침대에 가만히 누워 의미 없는 영상들만 재생하는 것이었습니다. 그것도 웃기 위해 과거에 유행했던 개그 프로그램 위주로 말이에요. 어떻게든 웃겠다는 의지가 무의식적으로 담긴 것마냥. 심지어 눈이 피로해 휴대폰을 잠시 내려놓자마자 잠에 빠지는 그 순간까지도 저는 움직이지 않고 계속 그 행동을 반복하고 있었습니다.

그래도 그날은 일이 힘들었기에 모든 힘을 다 쏟았고 더 낼 힘이 없어 그랬을 것이라는 저의 생각과는 달리, 그런 생활은 꽤 오래 지속되었습니다. 하루가 되고, 이틀이 되고, 일주일이 되고, 결국에는 한 달이 넘어서던 그때. 그제서야 저는 무언가 잘못되어 가고 있음을 깨달을 수 있었습니다.

*나, 지금 뭘 하고 있는 거지?*

처음 현타를 느꼈을 때와 같이 데자뷔를 느끼는 그 순간. 무언가 잘못되었다는 것을 느꼈지만 이전과 달리 변화를 추구하는 저의 모습은 볼 수 없었습니다. 오늘만 이렇고 내일 다시 돌아올 수 있다 혹은 내일부터 다시 시작하면 되지 뭘 그렇게 걱정 하나와 같은 죄다 무기력한 생각들뿐. 저를 위한 발전도, 미래를 위한 성장도, 흥미를 위한 취미도 하지 않는 그날의 두 번째 현타. 저는 차갑게 식어 버린 바바루아(Bavarois)와 같았습니다. 차게 식혀서 만드는 디저트는 그 나름의 즐거운 맛을 느낄 수라도 있지, 저의 두 번째 현타는 즐기지도 못하고 그저 차갑게 식어 버리기만 했습니다.

그렇게 저는 그날로부터 몇 주간 계속 누워서 영상을 보는 일을 반복했습니다. 무언가를 회피하려는 것만 같이 말이에요.

## 9) 스콘 : 가까운 사람들에게 짜증이 늘었다

* 스콘(scone) : 영국의 대표 요리로 베이킹소다나 베이킹파우더를 밀가루 반죽에 넣어 부풀려 만드는 빵의 일종. 여러 가지 설 중에 질 좋은 빵을 의미하는 중세 저지 독일어 슌브로트(schönbrot), 형태가 불분명한 덩어리를 의미하는 게일어(Gaelic, 스코틀랜드 켈트어) 스곤(sgonn) 등이 스콘이라는 이름의 탄생에 기반이 되었다고 한다.


*"그만 좀 얘기해, 제발!"*


결국 폭발해 버리고 말았습니다. 저는 제 나름대로 열심히 참았고, 아무런 대꾸도 하지 않은 채 그 이야기를 들었으며, 별로 듣고 싶지는 않았지만 차분하게 들어 주고 있었습니다. 하지만 그런 것도 모른 채 계속 같은 말을 반복하며 잔소리 폭격을 해 대는 친구나 부모님께 결국 저는 소리를 치고 말았습니다. 그만 좀 얘기해, 제발! 아까부터 계속 듣고 있다고, 알겠다고 대답을 하며 바쁜 것도 참아 가고 생각하는 것도 멈춰 가며 들었지만 끝이 보이지 않는 그들의 말에 참을 수가 없었던 것이죠.

그렇게 저는 그들에게 짜증과 화를 내고야 말았습니다.


잔소리는 누구나 듣고 싶지 않고, 본인이 생각하는 것과 다르다면 그 누구도 가만히 대꾸 없이 듣는 걸 어려워할 겁니다. 하지만 대놓고

• 우울해지면 디저트를 맛보아요

말을 하기도 전에 하지 못하도록 막거나 몇 마디 하지 않았는데 말을 중간에 자르는 것은 예의가 아니고 상대에 대한 배려가 아니라는 것쯤은 알고 있죠. 그렇기 때문에 우리는 듣고 싶지 않은 이야기도 대부분 가만히 듣습니다. 그러다 짜증이라는 감정이 천천히 쌓이고, 발끝에서 머리끝까지 오를 때면 결국 지금처럼 폭발하고야 말죠.

*듣기 싫어, 듣기 싫다고! 그만 좀 해!*

누구에게나 감정은 있고 좋아하는 것과 싫어하는 것도 있기 때문에 짜증을 내는 것과 화를 내는 것은 생각보다 일반적인 감정입니다. 그렇기에 그것만으로 제 감정이 많이 우울하다고 생각하기에는 다소 앞뒤가 맞지 않았죠.

처음에 저도 그렇게 생각했습니다. 힘든 와중에 듣고 싶지 않은 말을 계속 듣다 보니 스트레스가 되고, 그걸 참다 참다 결국 짜증을 내고 화를 내는 것이라고만 생각했습니다. 듣고자 했던 것도 아니었고, 이야기해 주길 바랐던 것도 아니었기에 더더욱 그랬습니다. 당시에 저는 하고 싶은 것도 많았고 해야만 하는 것도 많았기에 머릿속은 포화 상태였고, 마음에 여유는 없었으며, 그걸 할 수 있는 시간이 없다는 생각에 촉박한 마음뿐이었습니다. 그런 때에 듣고 싶지 않은 말들을 들어야만 한다니요! 제게는 최악의 시간이라는 생각이 들었습니다. 그리고 결국 폭발해 버렸죠. 짜증이란 짜증은 다 내고, 화란 화는 모두 다 쏟아 내고 있었습니다. 그 짜증과 화의 대상이 그들이 아니었음에도 말이에요.

 그때부터 제 감정과 저의 행동이 어폐가 있다는 생각이 들었습니다. 나는 대체 왜 그들에게 화를 내고 짜증을 내고 있는 거지? 유독 저와 친분이 두텁고 가까운 사람들에게만 짜증이 늘었다는 것을 알게 되었던 것은 그 순간이었습니다. 직장에서는 상사고 동료고 공적인 관계이기 때문에 그저 가만히 수긍하는 한편, 집이나 동네에서는 친구고 가족이고 가깝기 때문에 오히려 더 짜증을 내기만 하던 제 모습.
 집에만 오면 아무것도 하지 않은 채 무기력한 모습을 보이면서도 듣기 싫은 소리 하나 했다고 몇천 번을 소리 지르고 짜증을 내니 스스로가 너무 이상했습니다. 그때서야 느끼게 된 거죠, 저의 감정과 행동의 변화가 이상하다는 것을. 잘못되었다는 것을. 변화가 필요하다는 것을. 이러한 안 좋은 감정들을 쏟아 내는 저를 보며 저는 형태가 불분명한 덩어리를 의미한다는 어원에서 온 스콘이라는 디저트가 떠오를 수밖에 없었습니다.

 스콘(Scone)은 영국의 대표 요리로 베이킹소다나 베이킹파우더를 밀가루 반죽에 넣어 부풀려 만드는 빵의 일종인데 이름에 대한 설이 여러 가지가 있거든요. 그 설 중에 질 좋은 빵을 의미하는 중세 저지 독일어 슌브로트(schönbrot), 형태가 불분명한 덩어리를 의미하는 게일어(Gaelic, 스코틀랜드 켈트어) 스콘(sgonn) 등이 스콘이라는 이름의 탄생에 기반했다고 해요.

저의 알 수 없는 이 짜증들이 스콘에 비유될 수밖에 없는 이유가 여기 있습니다. 말 그대로 형태가 불분명한 짜증을 주변에 쏟아 내고 있었기 때문이었죠. 그렇기에 이 알 수 없는 짜증을 알 수 있게 만들 필요가 생겼습니다.

지피지기면 백전백승이라는 말과 함께 제 감정을 또렷하게 파악한 순간, 저는 변화가 필요하다는 것을 깨닫게 된 것입니다. 지난 시간 동안 왜 그랬을까 하며 반성을 하기도 하며 생각에 생각을 거듭했죠.

그렇게 나온 결론은 '우울한 감정'이었습니다. 이유는 모르는 채로 기분만 계속 울적해지고 아무것도 하기 싫은 상태로 무기력하며, 아무도 나에게 신경 쓰지 않았으면 좋겠고 오히려 신경을 쓰면 짜증이 나는 그 상태에서 들었던 듣기 싫은 소리. 저도 모르게 가까운 사람이고 친한 사람이었기 때문에 짜증이 늘었던 것입니다.

우울.

반갑지 않은 손님.

저에게도, 주변 가까운 사람들에게도 똑같았을 겁니다.

9) 스콘 : 가까운 사람들에게 짜증이 늘었다 ·

## 10) 몽블랑 : 구인 구직 활동을 하기 시작했다

*몽블랑(Mont Blanc) : 밤 페이스트의 진한 맛과 스위스 머랭의 바삭함이 잘
 어울리는 디저트. 여러 가지 변화를 주어 특별하게 만들 수 있다.

*이 긍정적인 기운을 환자들에게 줄 수 있는 간호사가 되고자, 본 OO
병원에서 질적이고 전문적인 간호를 제공하도록 하겠습니다.*

상단의 내용은 취업에 정진할 대학교 때도 그렇고, 퇴사를 한 뒤 재
입사를 위해 작성한 자기소개서에 작성한 내용의 일부입니다. 어렸을
때부터 늘 밝고 쾌활하며 명랑한 이미지로 자리매김했던 저는, 매번
'긍정적인 기운'을 주는 아이였습니다. 함께 있으면 항상 웃음이 끊이
질 않으며, 사람들과 떠들기도 좋아하고 대화하는 것을 좋아하며, 상
대를 행복하게 만드는 것이 좋았던 아이였습니다.

그러한 성격은 대학교 가서도 마찬가지였습니다. 학생회 활동을 하
며 학생들이 좋아하고 원하는 것을 앞장서서 내세우기도 하고, 때로는
뒤에서 지켜보며 상대가 웃을 수 있는 행동이면 최선을 다하는 그런
아이. 취업하고 난 뒤에도 그 성격이 사라지진 않았습니다. 환자와 보
호자를 위해 가장 먼저 할 수 있는 좋은 일들, 그리고 시시콜콜한 대화

를 나누면서 정서적인 교감도 이루는 일까지.

그 무엇 하나도 '긍정'과 함께 하지 않았던 날이 없었던 저의 인생에, 갑작스럽게 다가온 우울이란 친구는 정말 당황스러울 정도의 불청객이었습니다. 예상하지 못했고, 꿈꿔 보지도 못했던 우울과의 우정.

그때부터 저는 갑자기 과거에 써 놨던 자기소개서를 대뜸 들춰 보기 시작했습니다. 지금의 상황에서 특별한 변화를 꿈꿨던 걸까요. 하지만 다시 생각해도 그날은 아무런 이유도 없었고, 아무런 의도도 없었으며, 아무런 생각마저 없었던 날이었습니다. 노트북을 꺼내 확인할 것만 확인하고 덮었다면 좋았을 텐데. 저는 우울과 인연을 맺고 우정을 나눈 뒤는 충동적으로 자기소개서를 작성하기 시작했습니다. 특정한 양식이 있던 것도 아니었고, 취업을 바라는 직장이 있었던 것도 아니었습니다. 단순히, 아주 먼 미래를 준비하는 것마냥 자기소개서를 쓰기 시작했던 것이죠. 회사에 입사하길 바라는 이유, 성격의 장단점, 스트레스를 해소하는 방법, 어려움을 극복하는 방법 등…. 각종 자기소개에 기본적으로 들어가는 부분들을 나름대로 풀어쓰기 시작했습니다.

'웃는 얼굴로 긍정적인 생각을 하자'는 기본적인 마음으로 매일을 기쁨과 함께 하고 있습니다.

탁월한 실력으로 더욱 성장하여 본인의 것으로 확립시킬 수 있는 능력을 바탕으로 해당 과와 관련된 콘퍼런스 자료의 분석, 정리, 제작 및

발표를 도맡아 하였습니다.

'불가능할지 몰랐기 때문에 가능하다'는 말과 함께 직접 영국 여행을 계획하고 실행했습니다.

병동에서 시행했던 '당뇨 환자의 인슐린 자가 투여 교육 후 환자 만족도 개선'에 대한 QI 활동을 추진하였습니다.

이것이 자기소개서인지, 자기소개를 빙자한 소설인지 알 수 없을 정도로 부풀리기도, 과장하기도 한 자기소개서. 작성을 끝낸 뒤 의미 없는 스크롤을 내리며 읽는 내내 아무 생각이 들지 않았습니다. 한 자, 한 자, 연관성이 중요한 이 자기소개서를 왜 썼는지도 모르겠고, 연결도 되지 않는 좋은 말들만 가득한 이 자기소개서가 무슨 의미가 있는 것인지.

화면을 끄고, 노트북을 닫고 난 뒤에야 자기소개서를 작성한 이유를 어림짐작 할 수 있었습니다.

*지금 상황이 불만이 있어서, 만족스럽지 못해서, 그래서 우울했던 건 아닐까? 그렇다면 지금 상황을 벗어나야겠어. 벗어날 수 있는 방법은 뭐가 있지? 아, 재취업! 재취업을 위해서는 자기소개서를 작성해야지. 자, 한 번 써 볼까?*

이러한 연쇄적인 생각의 결론이 결국 자기소개서를 쓰게 만들었고, 노트북을 두드리게 만들었던 것입니다. 지금 이 상황에서 불만이 있고 만족하지 못하기 때문에 제가 우울한 것이라는 알 수 없는 알고리즘으로 인한 확정이 결국 키보드를 두드리는 제 모습을 보게 만든 것이죠. 정확하게 어떤 부분이 마음에 안 들고 어떤 부분이 불만족스러우며 어떤 부분이 힘든지도 파악하지 않은 채, 그저 지금의 기분에 따라 움직인 저. 자기소개서를 쓰는 것만으로도 모자라 구인 구직 사이트에 직접 올리며 직업 헌팅을 당하는 걸 기다리기도 했었답니다. 그렇게 되면 저를 원하는 사람들의 연락이 빗발칠 것이고, 그로 인한 스스로의 자존감이 높아지면 모든 우울한 감정이 사라진다는 생각을 했었습니다.

여러 가지 변화를 주어 특별하게 만들 수 있는 몽블랑(Mont Blanc)이라는 디저트와 같이, 저는 지금 이 상황을 어떻게든 여러 가지 변화를 주어 특별하게 만들고 싶었던 겁니다. 몽블랑은 여러 가지 변화를 주어 특별하게 만들 수 있는 장점이 있는 맛 좋은 디저트거든요. 저는 그런 몽블랑같이 제 삶을 특별하게 만들고 싶었던 게 아닐까 싶습니다.

정말로 자기소개서를 올린 뒤에는 생각보다 많은 연락이 왔고, 면접을 보자는 메일도 많이 왔지만 그럼에도 불구하고 해결되지 않은 이 우울은, 여전히 제 가슴속과 머릿속에 뿌리를 박아 떨어지지 않았습니다.

그렇게 계속, 우울한 저를 바라볼 수밖에 없었죠.

## 11) 딸기 빙수 : 지름신이 강림한다

\* 딸기 빙수(딸기氷水) : 얼음덩이를 잘게 갈아서 눈과 같이 만들고 거기에 딸기와 설탕, 향미료 따위를 넣은 음식

여름만 되면 자연스럽게 떠오르는 디저트가 하나 있습니다. 그건 바로 시원한 얼음을 갈아서 만든 '빙수(氷水)'죠! 다양한 재료들을 올려한 입 퍼먹으면 입안에서 맴도는 그 시원함이 너무나도 짜릿해서 여름이면 꼭 먹어야 하는 필수 디저트 중 하나였죠. 그중에서도 저는 딸기가 들어간 딸기 빙수를 가장 좋아하는데, 딸기 빙수에는 자고로 인위적이라도 딸기가 반드시 들어가 있어야만 한다는 것이 저의 철칙입니다. 거기다 딸기향이 나는 시럽까지 듬뿍! 그래야 제대로 된 딸기 빙수를 먹는 느낌이 나 괜히 어깨춤을 추게 되는 거죠.

하지만, 우울이 제 마음에 자리 잡은 뒤의 저는 딸기 없는 딸기 빙수같이 공허한 빈 곳에 돈만 쓰면 좋아질 거 같다는 생각에 지름신이 강림한 적이 있었습니다.

원래도 쇼핑을 하는 것을 굉장히 좋아하는 편입니다. 요즘은 인터넷

이 발달하여 손가락 몇 번만 움직이면 당일 혹은 다음 날 배송받을 수 있는 이런 편리한 시스템 덕분에 쇼핑이라는 유혹에 한없이 빠져 있던 것이 바로 저입니다. 그래서 쇼핑을 많이 하는 것에 대해서는 우울의 징조라고 전혀 생각하지 않았습니다만, 흔히 말하는 '지름신이 강림한다'는 말을 떠올리며 우울의 징조라고 여겼던 것은 지불한 돈에 대해 아무런 생각이 없을 때였습니다.

평소에 책을 좋아하기 때문에 에세이나 소설 등 다양한 책을 읽는 제게 우울한 감정을 통제하고 다스리는 방법을 많이 읽어 왔습니다. 물론, 그렇기 때문에 저에게는 우울이란 친구가 친해지자고 손을 내밀 줄은 몰랐죠. 저는 당연하게 우울감이 있다는 생각은 하지 않은 채 열심히 쇼핑을 하고 있던 어느 날이었습니다. 가만히 침대에 누워 생각 없이 손가락만 몇 번 움직이고 있던 그때, 문득 그런 생각을 했습니다.

*나, 이대로 계속 가만히 있어도 되나? 운동이라도 해 볼까? 그럼 기분 전환이 되지 않을까?*

그래요, 운동. 운동입니다. 운동을 하고 싶다는 생각을 갑자기 하게 된 겁니다. 정말 갑작스럽게 드는 생각에 더도 덜도 말고 손가락을 움직여 근처 헬스장을 검색했습니다. 그리고, 집에서 가장 가까운 곳이 어디인지를 파악한 뒤 무작정 전화를 걸어 예약 상담을 진행했습니다. 정말 생각도 없이 잡은 갑작스러운 헬스장 등록 상담. 지금 바로 오라는 상대방의 말에 그대로 몸을 움직이기 시작했습니다. 어디 가냐는 부모님의 물음에 헬스장 등록하러 간다는 짧은 말만 남긴 채 도보 10분 이내의 헬스장에 도착. '나는 아무것도 몰라요. 그저 돈 쓰러 왔어요'라는 포스를 팍팍 풍기며 상담을 진행하고, 본인의 이야기를 나누며 앞으로의 계획에 대해 이야기하고 있던 그때.

*"헬스장 10개월 비용과 PT 30회까지 합해서 315만 원입니다."*
*"네? 얼마라고요?"*
*"헬스장 10개월 80만 원, PT 30회 271만 원으로 총 315만 원입니다."*

이미 카드는 꺼내 들었고, 최종적으로 결제만 하면 되는 상황에 닥쳤을 때. 그제야 저는 정신을 차렸던 기억이 납니다. 대화를 나누는 내내 좋은 이야기를 하고, 향후 나아질 미래에 대한 이야기를 나누어서 그랬던 걸까요. 어느새 정신을 차려 보니 315만 원이 긁혀 있었습니다. 제가 결제한 것임에도 불구하고, 너무나도 놀라운 가격. 지름신이 강림한 것치곤 너무나도 큰 금액이었습니다. 한 달 월급 이상의 금액을 단 1시간 만에 결제를 하다니요! 미래를 보면 합리적인 금액이고 괜찮은 금액이라고 하겠지만, 지금 그 순간을 생각하면 1시간에 315만 원이 들었던 비합리적인 금액이 아니겠습니까. 너무 놀라서 몇 번이고 되물었지만 결국 카드 영수증을 받고 나서야 납득해 버렸습니다. 제게 갑자기 찾아온 우울이라는 것을 이겨 내기 위해, 떨쳐 내기 위해 약 300만 원이라는 거금을 투자했다는 것을요.

그러나 결제 후에 오히려 우울감이 더 크게 자리 잡았습니다. 지름신이 강림한 채로 생각하지 않고 갑작스럽게 결정을 하고 결제를 했던 것은 저였음에도 불구하고, 그저 과거의 저를 탓하며 미쳤다는 말만 몇 번을 반복.

더욱 놀라운 것은 그렇게 큰 금액을 1시간 만에 질러 놓고, 집에 와서는 또다시 누워서 손가락만 움직여 휴대폰으로 쇼핑을 하는 제 모습이었습니다. 근본적으로 나가려는 힘이 없으면서 당장 돈을 쓰고 싶다는 생각에 나섰던 헬스장은 PT 몇 회만 가고 주기적으로 가지 않았습니다. 300만 원이 순식간에 공중분해되는 순간을 지켜만 보고 있었죠. 그걸 아무렇지 않게 생각하는 저를 보며 또 다른 자괴감을 느꼈습니다. 어차피 안 할 거면서, 그놈의 지름신이 뭐라고, 돈 쓰는 느낌이 뭐라고 한 방에 300만 원을 질러 놓고 이렇게 날려 버리네? 싶은 생각에 또다시 우울, 우울, 우울.

제 인생에서 가장 큰 금액을 썼던 그날 이후, 끝도 없이 더 우울해졌다는 건 두말하면 입 아픈 소리입니다. 말도 안 되는 지름신, 왜 제게 와 버린 걸까요. 하필 이 시기에 맞춰서!

## 12) 크렘 브륄레 : 웃음에 집착하게 된다

* 크렘 브륄레(Crème brûlée) : 직역하면 '태운 크림'. 커스터드 크림을 그릇
  에 담은 뒤 크림 위에 설탕을 올리고 토치 등을 이용해 설탕을 녹여 내 단단
  한 설탕 막을 입혀 놓는 프랑스의 디저트

여느 사람들과 다를 바 없이 저 역시도 짧고 가벼운 영상을 보는 걸 좋아합니다. 간단하면서도 빠르게 내용을 이해할 수 있고, 그 안에서 유머 코드를 찾아 속절없이 웃게 되니 아마도 싫어하는 사람은 없다고 생각합니다. 그 영상을 보고 있노라면, 아무런 생각도 나지 않고 가볍게 시간을 보낼 수 있다는 생각이 가득 들죠. 짧고, 쉽고, 즐거운 영상을 보는 것은 어렵지 않은 일이고, 오히려 즐겁고 행복한 일이었습니다.

어느 순간 그런 것들에 집착을 하기 전까지는 말이에요.

정확히 언제부터 그랬다고 콕 집어서 말할 수는 없었지만, 저는 어느 순간부터 단순한 흥미를 주는 영상들을 미친 듯이 찾아다녔습니다. 출근을 할 때나 퇴근을 할 때, 무언가를 기다리는 아주 잠깐의 짧은 순간에도, 쉬는 날 하루 종일, 그리고 자기 전까지도. 내내 휴대폰을 손

에 놓지 않고 계속 짧고 흥미로운 영상만을 찾아다니기 시작했습니다. 뿐만 아니라 길어도 아무 생각 없이 웃을 수 있는 영상이라면 다 찾아다녔습니다. 보면서 실없이 웃기도 하고, 때로는 크게 웃기도 하는 영상들을 찾아다니는 날의 연속. 이유는 알 수 없었습니다. 단순히, 웃고 싶었다는 생각이 머리를 지배했다는 것은 기억이 납니다.

그저 실없이 웃고 싶다는 생각이 들었던 것인지 저는 몇 날 며칠을 내내 그런 생활을 반복했습니다. 휴대폰이 손에 없으면 불안한 사람마냥 계속 휴대폰만 쳐다보고, 손가락은 자연스럽게 휴대폰을 꺼내 들자마자 영상을 틀어 주는 애플리케이션만 들어가는 등 그렇게 하루하루를 보내기만 했죠.


나중에 제 감정을 인지하고 대체 왜 그럴까에 대한 해답을 찾은 뒤에야 알게 되었습니다. 감정이 처지고 우울해지는 탓에 어떻게든 웃기 위해 집착하고 있었다는 것을요. '어떻게든' 웃어야만 했고, '어떻게든' 흥미를 느껴야만 했고, '어떻게든' 우울한 생각을 하지 않게 만드는 것을 찾아다녔던 겁니다.

그 당시에 제가 보던 것은 옛날에 유행했던 예능부터, 현재에 가장 사람들이 많이 보는 웃긴 프로그램들이었습니다. 그 당시의 저는 무조건적으로 웃음이 터지는 것이 필요했던 겁니다. 우울하기 때문에 어떻게든 웃어야만 한다는 것에 대한 집착. 그 집착은 생각보다 오래갔고, 지금도 아주 잠깐 우울해지기 시작하면 끝도 없이 웃음을 되찾기 위한 집착이 시작됩니다. 마음대로 사라지지 않는 이 웃음에 대한 집착. 행복하고 싶다는 무의식에 담겨 있는 소망이 우울에 반하여 멋대로 이루어지는 행동이 아닐까 싶습니다. 그 행동은 생각보다 오래가고, 그 감정 역시 생각보다 오래간다는 것을, 늦게야 알게 되었죠.

　우울.

　맞아요. 그 우울이라는 친구와 손을 잡은 뒤, 스스로를 조절할 수 있는 능력마저 잃게 된 겁니다. 특정한 것에 집착하면서 말이에요. 우울한 그 감정에 크렘 브륄레(Crème brûlée)처럼 단단한 설탕 막을 입혀 놓고 싶었던 것이 아닐까요. 크렘 브륄레를 먹을 때는 그 단단하게 쌓인 설탕 막을 작은 숟가락으로 톡 부수면서 먹기 시작하는 것이 매력적이거든요. 먹을 때는 정말 행복한 맛이라고 생각했지만, 그런 단단한 설탕 막으로 쌓인 크렘 브륄레마냥 단단한 무언가를 얹어 어떻게든 이 우울을 없애 보려고 했던 그런 마음이 어떻게든 웃을 수 있는 프로그램을 찾으려고 했던 것 같습니다.

　결국 사라지지 않았지만.

## 13) 크루아상 : 그냥 울고 싶은 하루가 있다

* 크루아상(croissant) : 버터를 듬뿍 넣은 반죽으로 켜켜이 층을 내 초승달 모양으로 만든 프랑스의 페이스트리이다. 겉은 파삭하고 속은 부드러운 식감이 특징

혹시 여러분은 학교를 다닐 때도, 직장을 다닐 때도 혹은 때와 장소를 가리지 않고 알 수 없는 느낌과 함께 이유 없는 눈물이 가득 쏟아지던 때가 있나요? 이유도 모르겠고, 그때의 감정도 모르겠고, 일단 울컥하는 마음에 참을 수 없어 잔뜩 맺히는 눈물을 그대로 둘 수밖에 없던 그런 상황이 있었나요?

저는 생각보다 그런 상황이 꽤 많았습니다. 그것이 감성이 깊어진다는 새벽이 아닌 때에도, 정말 슬프거나 억울한 일이 있었던 때가 아니라도 말이에요. 많은 생각들이 들기도 하고, 어느 날 갑자기 느껴지는 상상에서 현실로 돌아오는 일종의 현타를 겪은 때, 저는 갑자기 울고 싶다는 생각이 들었습니다. 그럴 때 보면 사실 이유는 없었어요. 눈물을 쏟아야만 하는 인과 관계 따위 없이 정말 말 그대로 '문득' 울고 싶어지는 하루. 마치 한 입 씹으면 와작 소리를 내며 무너짐과 동시에 모든 파편이 흐르는 크루아상(croissant)같이, 한순간에 눈물이 핑 돌며

두 눈동자에서 눈물이 수도꼭지처럼 줄줄 흐르는 하루. 스스로도 조절하고 제어할 수 없는 그런 하루. 크루아상이라는 디저트를 먹을 때면 그 부서지는 가루가 참으로 매력적이라고 생각했는데, 이렇게 우울과 함께 엮으니 그렇게도 슬플 수가 없습니다.

돌이켜 보면 아무런 이유가 없는 우울과 눈물이었습니다. 다 울고 나서 정신을 차리고 나면 '내가 대체 왜 울었지?' 혹은 '왜 눈물이 났지?'라는 생각이 들 정도의 어이없고 황당하면서도 당황스러운 눈물. 하지만 눈물을 흘리는 그 순간만큼 저는, 그 여느 순정 만화나 드라마의 주인공보다도 더 괴롭고 불쌍한 존재가 되어 펑펑 눈물을 흘립니다. 그게 지금 사람이 많은 밖이든, 혼자 있는 공간이든 상관없이 말이에요.

그래도 크루아상은 수많은 빵 파편들이 쏟아져도 입안을 맴돌면 달콤하고 고소하기라도 하지, 쏟아지는 눈물은 달콤하지도, 고소하지도, 입안을 맴돌지도 않은 채 그저 사라지며 스스로에 대한 낙담을 깨닫게 하지 않나요. 얻는 것도 없이 무작정 흘리는 눈물은 참으로 황당하고 어이없지만, 그 순간만큼은 정말 진지합니다. 이 순간 울지 않으면 안되는 사람마냥 펑펑 울어 대는 스스로의 모습.

그런 하루가 365일 중 딱 하루가 아니게 되는 것이 우울이라고 생각했습니다. 정말 기쁘다가도 갑자기 눈물이 나고, 마음이 울컥하며 순식간에 감정이 바뀌어 버리는 상황. 뭐가 그리 기쁜지 하하 호호 혹은 깔깔거리며 웃다가도 아주 짧은 찰나의 순간 후에 울적해지는 마음.

그리고 그 마음을 참지 못한 채 눈물을 쏟아 버리는 저의 모습. 우울이라는 친구가 자꾸만 제 손을 잡고 놓지 않은 채 더더욱 깊고 어두운 암흑으로 이끌고 가는 것만 같은 감정에 또 눈물이 왈칵 쏟아지는 역설. 그런 날이 처음에는 하루였다가, 나중에는 일주일이 되고, 결국 한 달이 되면서 매일이 우울함과 눈물을 함께 달고 사는 삶이 되어 버렸습니다. 그리고 그걸 저는 스스로 제어할 수가 없죠. 조절할 수 없는 상황에 이르며 사람들을 만나는 것도 꺼리게 되고, 해야 할 일들을 하는 것도 어려움을 겪게 되죠.

그렇게 무기력함과 눈물과 우울이 반복되면 결국 아무것도 남지 않은 본인의 모습을 거울 앞에서 마주하게 됩니다. 그런 모습이 어찌나 씁쓸하고 괴로운지. 또 그 때문에 눈물을 펑펑 흘리며 악순환을 뫼비우스 띠마냥 반복하게 됩니다.

우울해서 울었던 것도 아니고, 눈물을 흘렸기에 우울해지는 것 같은 느낌.
결국은 우울해지고, 우울과 친해지며, 우울과 함께 하려는 선택을 하게 되는 상황까지 치닫게 되는 스스로를 보며 또 눈물이 흐릅니다. 이렇게 반복되는 악순환.

오늘도 이렇게 우울과 최고의 친구가 되어 버리는 상황 속에 제가 할 수 있는 건 오로지 펑펑 울어 대며 괴로워하는 것. 그뿐이었습니다.

## 14) 셔벗 : 먹으면 다 해결될 거 같은 생각이 든다

* 셔벗(sherbet) : 과즙에 물, 우유, 크림, 설탕, 달걀흰자 또는 젤라틴 등을 넣고, 아이스크림 모양으로 얼린 빙과이다. 작은 숟갈로 떠먹기도 하고 빨대로 마시기도 한다. 아이스크림보다는 덜 부드럽지만 얼음보다는 끈적거린다.

저는 돈을 벌거나 살아가는 것에 힘이 되는 것 중 하나가 바로 '먹는 것'입니다. 먹는 즐거움을 모르는 사람은 참으로 안타깝다고 생각이 될 정도로 먹는 것은 저의 행복 중 하나죠. 맛있는 걸 먹기 위해 돈을 벌고, 더 맛있는 걸 먹으러 가기 위해 움직이는 사람이 바로 저입니다.

그런 저에게 무언가를 먹는 행위란? 바로 기분을 좋게 만들기 위한 수단 중 하나라고 할 수도 있죠. 그만큼 저에게 먹는 것이란, 좋지 않은 기분을 더욱 좋게 만들기도 하고, 때로는 행복을 느끼고 싶을 때 하는 것. 일상 중 하나, 그 이상의 것이라고 할 수 있습니다.

하지만 우울이 제게 다가온 후에는 먹는 것에 대한 정의가 많이 달라졌습니다. 먹는 것은 분명 행복해지기도 하고 기분이 들뜨기도 하며 또 어떤 걸 먹어 볼까 하는 기대감에 두근거리는 행위였지만 우울과 친해지고 난 뒤부터는 그 먹는 것이 강박이 되어 버렸습니다. 요컨대 맛있는 빵을 먹고 있어도, 맛있는 밥을 먹고 있어도, 어쩐지 먹으면서 죄책감이 느껴지고 이상한 감정이 마구 피어오르는 느낌. 정확하게 딱 어떤 감정이라 말을 할 수는 없었지만, 자꾸만 톡톡 튀어 대는 감정들이 솟아오르며 입안에 있는 것이 무엇인지 느끼지도 못하게 만들었습니다. 입안 가득한 이 부드럽고 고소한 빵이 잘근잘근 씹혀 적절하게 식도를 통해 위로 잘 들어가는지, 아니면 이상한 곳에 들어가 저의 속을 답답하게 하는 건지 모를 정도로 행복이라는 것을 느끼지 못했습니다.

분명 저는 먹는 것이라면 사족을 못 쓰기도 하고, 식사 메뉴를 정하는 것에 기쁨을 느끼는 사람이었습니다. 하지만, 어느 순간부터 제가 기분이 가라앉을 때면 습관적으로 음식을 주문하거나 구매를 한 뒤, 아무런 생각 없이 먹습니다. 그냥 먹는 게 아니라, 막 먹게 되는 겁니다. 분명 배가 부르고 위가 가득 차서 음식이 차마 소화되지 못한 채 목 위까지 차오르는 느낌을 받고 있음에도 불구하고 먹고, 또 먹는 거죠. 그러면서 제가 먹는 것이 빵인지 밥인지 국물인지 다른 무엇인지 모르고 있는 겁니다. 행복한 감정도, 기쁜 감정도 느끼지 못한 채 그저 손에 잡히는 대로 우걱우걱 씹기만 하는 저의 모습. 다 먹고 난 뒤에도 깊은 한숨을 몇 번이나 쉬는지, 땅이 여러 번 꺼졌다 해도 과언이 아닐 정도였습니다.

그러면서 문득 드는 생각은, 이걸 먹으면 이 가라앉는 감정도 사라질 것 같다는 터무니없고 현실감 없는 것들. 돌이켜 생각해 보면 참 어리석은 생각이라고 깨달았지만, 당시에는 그게 정답이라고 생각했습니다. 더 정확하게는 그것 외엔 다른 정답은 없다고 생각했습니다. 그만큼 먹는 것에 집착하고, 끼니를 가리지 않고 미친 듯이 먹었죠. 말그대로 '폭식'을 하게 된 겁니다. 그 순간만큼은 제가 하고 있는 이 행위가 옳다고 여기는 거죠.

이 행위는 우울이라는 것이 아주 조금이라도 느껴질 때면 지속되었습니다. 우울한 감정이 느껴질 때면 일단 음식을 주문하고 잡히는 대로 평소보다 더 빠르게 먹습니다. 그러고는 뭔가 부족하다며 계속 다른 음식을 찾기도 하고, 찾은 음식을 또 먹고. 먹어도, 먹어도 이상하게 허기짐을 느끼며 지속적으로 다른 먹을 것을 찾게 되는 거죠. 먹을 때는 아무런 문제를 못 느끼다가 결국 어느 정도 우울한 감정이 사라질 때면 죄책감과 동시에 후회를 느끼게 됩니다.

이러한 행위를 몇 번이나 반복하다 보면 얻은 건 없고 잃은 것이 많다는 걸 뒤늦게 깨닫게 되죠. 돈은 돈대로 나가고 살은 살대로 찌고 감정은 더욱 롤러코스터마냥 왔다 갔다 반복하게 되는 악순환의 연속.

먹으면 괜찮아질 거라는 생각에 열심히 돈을 쓰고 먹어 보았지만, 결국은 서벗(sherbet)처럼 음식만 입에서 녹아 사라져 버리기만 했지, 우울이라는 감정은 버젓이 살아 있었습니다. 서벗은 입안에서 부드럽게 녹아내리는 것을 맛보기 위해 먹는 디저트임에도 이렇게 열심히 먹어도 해결되지 않는 저의 모습과 비교를 하게 되니 너무 잘 어울려서 큰일이었습니다. 그저 우울이 사라지기를 위해 음식을 먹고 또 먹었음에도 우울만 단단하게 살아 있고, 음식과 돈만 셔벗처럼 혀에서 녹아 버린 상황. 우울이라는 친구는 많은 걸 가져다주지만, 그것이 좋은 것은 아니라는 걸 깨달았지만 멈출 수 없다는 것도 동시에 알게 되었습니다.

우울.
오는 건 쉽지만 보내기는 쉽지 않은 것.
저는 그 감정을 느끼고 있었습니다.

## 2

# 희망 편

일단 해 보자는 마음으로 시작해 보긴 했다

## 1) 카눌레 : 나만의 힐링 플레이리스트

\* 카눌레(canelé) : 원통형에 세로로 홈이 파져 있는 작은 케이크로, 겉면은 검
   고 두꺼운 반면 속은 촉촉하고 부드러운 커스터드 맛이 나는 프랑스 보르도
   지방에서 유래한 지역 특산품이다.

우울하다, 우울해! 제 몸의 우울 시계가 작동했을 때 제가 가장 먼저
했던 행동은 바로 '노래 듣기'입니다. 아무런 노력 없이 손만 까딱 움직
이면 금방 이룰 수 있는 행동이었기 때문에 첫 번째로 실행하게 되었
죠. 본래도 정신이 강한 편이 아니었기에 애초에 저의 플레이리스트
에 따로 빼놓은 힐링 노래 앨범이 있습니다. 노래를 듣다가 가사가 좋
거나, 혹은 음색이 기분 좋게 하는 게 있다면 넣어 두었던 앨범이었죠.
차곡차곡 쌓다 보니 어느덧 1개였던 노래가 50개가 되었습니다.

그리고, 우울하다고 생각이 들자마자 일단 그 노래를 틀었습니다.
특정 어떤 노래를 듣기보다는 섞어 듣기를 눌러 순서 없이 노래를 듣
기 시작했죠. 잔잔하지만 희망을 주기도 하고, 가사가 사람을 감동 먹
게 하기도 하고, 흥을 이끌어 내 우울이라는 것을 잊게 만들기도 했죠.

네, 물론 여느 때와 다를 바 없이 저도 다시 제 안에 숨은 흥을 일깨
워 우울이라는 것을 한 방에 날려 버릴 줄 알았습니다. 제가 그 노래를

들을 때면 정신이 흔들리거나 힘이 들어 스스로를 일으키고 싶을 때. 즉, Semi-우울과 같은 감정일 때 들어 힘을 냈기에, 이번에도 그럴 줄 알았습니다. 금방 다시 힘이 나겠지! 하고 가볍게 생각했던 저의 계산 착오였죠.

노래를 들으면 들을수록 더 힘이 빠지는 느낌을 그때 처음 느꼈습니다. 힘을 북돋아 주는 노래도, 힘을 내라는 가사가 잔뜩 들어간 노래도, 흥겹게 쿵쾅거리는 노래도, 모두 제 한 쪽 귀에 들어와 다른 귀로 나가 버리지 뭡니까. 음도 안 들리고, 가사도 안 들리고, 아무것도 느껴지지 않는 우울한 그 어느 날 침대와 물아일체가 된 저. 나만의 힐링 플레이리스트가 아무짝에 쓸모없이 버려질 위기에 처한 것입니다.

지금 이렇게 노래를 듣다간 우울한 감정이 더 우울해질 것 같아 곧바로 플레이리스트를 열어 특히나 감명 깊게 들었던 가사와 특별히 신났던 음색의 노래를 골라 다시 노래를 듣기 시작했습니다. 3번까지 부딪혀 보고 6번쯤 울지라도 5번 더 이겨 내면 끝이 보일 거라는 희망적인 음색과 가사가 담긴 노래부터, 오늘 하루도 힘들었을 제게 수고했다고 사랑한다고 꼭 안아 준다고 말해 주는 사랑스러운 가사의 노래에, 아무 생각 하지 말고 잠시 쉬어 가도 된다며 힐링을 쉬지 말라는 흥겨운 가사를 불러 주는 노래까지. 고르고, 고르고 또 골라서 들은 노래에 이번만큼은 우울과 이별할 것이라 생각했습니다.

그런데 웬걸. 왜 마음은, 생각은, 기분은 더 우울해지는 걸까요. 쓸데없이 가사를 바라만 보는 것 같고, 이 시간들을 무가치하게 보내는 것 같은 기분이 들어 오히려 더 우울해지기 시작했습니다. 아, 정말 아무것도 하기 싫다. 이대로 누워 있다가 그냥 자는 게 나을 듯. 그런 생각만 수도 없이 맴돌았던 그날.

열심히 담고 담았던 힐링용 플레이리스트를 들으면 들을수록 힐링이 되지 않는 제 모습을 보며, 카눌레(canelé)라는 디저트를 떠올렸습니다. 원통형의 겉은 바삭하고 속은 촉촉한 디저트인데, 그 움푹 파여 있는 곳에 우물 안처럼 노래만 잔뜩 넣어 놓고 겉은 단단하기만 한 카눌레를 너무 닮아 있었기 때문입니다. 그저 담기만 해서 움푹 파여만 있던 카눌레와 같이 노래만 담겨 있는 플레이리스트. 정말 담겨 있기'만' 한 노래. 기분이 나아지길 바라며 시작했던 행위는 결국 도움이 되지 못하는 상황이 되어 버렸죠.

힐링 한답시고 만들어 놓았던 저의 '힐링 플레이리스트'는 결국 헌신짝 버리듯 버려졌습니다.

## 2) 밀푀유 : 잡생각 방지용 청소

\* 밀푀유(Mille-Feuille) : 천 겹의 잎사귀라는 뜻을 가진 맛있는 파이의 켜가 여러 겹을 이루는 페이스트리로, 달콤하고 바삭바삭한 프랑스식 고급 디저트. 페이스트리 켜켜이 다양한 필링을 채워 만든다.

누군가가 그랬습니다. 우울해지거나 생각이 많아질 때는 몸을 힘들게 하면 된다고. TV에서든 SNS에서든 우울감에 대한 이야기가 많이 나오고, 저는 TV도 많이 보고 SNS를 많이 하기 때문에 그런 정보들이 물밀듯 밀려오는 것을 받아들이고 있었습니다. 그렇기에 우울한 감정이 들 때는 아무런 생각도 하지 말고 일단 움직이고 봐라! 몸을 힘들게 해라! 몸을 지치게 해라! 등의 이야기를 많이 들었죠.

몸을 힘들게 하라는 말에 저는 일단 청소를 떠올렸습니다. 집안 청소나 방 청소는 늘 해야만 하는 것이지만 매번 미뤄 두었던 것이 아닙니까. 그리고 하나를 시작하면 열 개를 정리해야 하는 이 청소는 몸을 힘들게 하는 것에 제격이라고 생각했습니다. 그래서 저는 청소를 시작하며 '밀푀유(Mille-Feuille)'라는 디저트를 떠올렸죠. 천 겹의 잎사귀라는 뜻을 가진 프랑스식 고급 디저트로, 파이의 켜가 여러 겹을 이루었고 그 사이 다양한 필링을 채워서 만드는 디저트입니다. 저는 이 공허

하고 우울한 마음 사이사이에 청소를 하며 기분 좋은 느낌과 뿌듯함, 만족감 등의 다양한 feeling을 채우려고 했습니다.

그렇게 결정하자마자 일단 일어나서 화장실로 향했습니다. 화장실이란 자고로 청소를 꾸준히 해 주어야 하는 장소임에도 불구하고 가장하지 않는 장소이기도 하죠. 그저 샤워를 하러, 양치를 하러, 세수를하러, 배변 활동을 위해서 등. 정말 단순하게 필요한 활동들을 하기 위해 화장실을 갈 뿐, 청소를 위해 화장실을 간 적은 두 손에 꼽을 정도입니다.

그래서 저는 첫 번째 청소 장소로 화장실을 택했습니다. 한 번도 해보지 않은 곳은 일단 어렵기 때문에 몸이 다른 곳을 청소하는 것보단 힘들지 않을까 하는 것이 저의 생각이었기 때문입니다. 그리고 그 생각은 적중했습니다. 넓지도 않은 이 공간 청소가 뭐가 그리 힘든지…. 생각보다 때도 많이 끼여 있고 더러운 곳이 많았으며, 손이 닿지 않는 공간도 있었습니다. 청소를 꽤 하는 편이었기 때문에 나름 자신만만하게 시작했지만 끝은 결국 그 자신감이 꺾여 버렸죠.

오히려 하면 할수록 자신감도 하락하고 괜히 짜증도 나면서 다시금 우울해지기 시작하는 저의 감정을 보며 이건 아니다 싶었습니다. 우울감을 없애기 위해 시작한 화장실 청소는 결국 자신감 하락으로 마무리할 수밖에 없었던 이상한 성적표를 받게 된 것이죠.

어쩔 수 없이 화장실 청소를 관두고 다음으로 청소한 곳은 곧바로 방 정리였습니다. 아까 말했듯, 청소를 자주 하기 때문에 제 주변 정리는 최대한 깔끔하게 정돈되어 있는 편이라 방은 생각보다 괜찮았습니다. 청소할 곳도 안 보이는 거 같고, 전체적으로 각이 잡혀 있고 정리가 되어 있는 저의 방. 하지만 그것 역시도 저의 착각이었죠. 곳곳에 숨겨진 먼지와 때. 멀리서는 비극이고 가까이서도 비극인 저의 방. 결국 걸레와 청소기를 꺼내 들어 청소를 시작했습니다. 어디를 어떻게 청소해야겠다는 계획을 머릿속에 담고 청소를 하니 그래도 우울한 감정이 조금 없어지는 것 같았습니다. 화장실 청소보다는 방 청소는 할 줄 알아서 그런지 점점 깨끗해져 가는 저의 방을 보며 뭐가 그리 뿌듯한지! 역시 저는 청소를 잘하는 사람이었습니다. 우울이랑 조금 멀어진 것 같았죠.

이 자신감을 가지고 다음은 옷장 정리를 시작했습니다. 안 입는 옷들도 매번 박아 두기만 하고 치우지 않았는데 이참에 치워 보려고 했죠. 그렇게 시작한 옷장 청소. 하나둘씩 꺼내니 입는 옷보다 입지 않는 옷이 더 많은 건 제 착각일까요? 왜 보관할 옷보다 버릴 옷이 더 많은지. 이건 기분의 영향인지, 아니면 진짜 입지 않은 옷들을 옷장 안에 쌓아 둔 것인지. 알 수 없는 그 상황 속에서 또다시 우울이 사뭇 가까워집니다. 저의 뒤에서 속삭이는 것만 같았죠. 한 걸음 뒤에 항상 내가 있었는데……. 그 우울감에 다시 옷장 정리는 멈춤.

곧바로 버릴 옷들을 밖에 내버리고 부엌으로 향했습니다. 부엌에서 제가 할 수 있는 일은? 칼 한 번 들면 모두가 긴장할 정도로 요리를 하지 못하는 제가 요리를 할 턱이 없었으니 할 수 있는 일이라곤 설거지였습니다. 그래도 설거지는 비교적 간단하기도 하고 자주 했기 때문에 잘했죠. 또다시 우울, 안녕. 나는 너와 이별하겠다. 그 생각에 그릇을 박박 닦기도 하고 깨끗하게 물로 주방 세제를 내려보내기도 하고. 깨끗하게 정리된 주방과 접시를 보면서 뿌듯한 감정 다시 컴백! 여기까지는 한 걸음 뒤에 있던 우울이 열 걸음은 더 뒤로 간 것 같은 기분에 만족했습니다.

그러나 딱 거기까지였죠. 화장실 청소에 방 정리, 옷장 정리에 설거지까지 하며 몸을 혹사시켰음에도 시간이 남았다는 이유로 그 빈 공간을 우울이 다시 차지할 줄은 꿈에도 몰랐던 겁니다. 조금만 틈이 나면 자꾸만 머릿속에는 우울감이 가득 차는 거죠. 스스로가 제어할 수 없는 상황.

*몸도 힘겹게 만들고 피곤하고 지치는데…… 왜 자꾸 우울한 거지?*

오히려 몸도 힘겹고 피곤하고 지쳐서 우울감이 더 찾아온 걸까요. 아까의 뿌듯함과 자신감은 이미 모습을 숨긴 지 오래였습니다. 다양한 곳을 청소하며 제 마음도 밀푀유의 다양한 peeling처럼 다양한 feeling을 채워 우울을 없애려고 했는데 왜 그게 잘되지 않을까요. 청소로 잡생각 방지하려 했지만 장렬히 실패.

우울은 대체 왜 저를 좋아하는 걸까요.

• 우울해지면 디저트를 맛보아요

### 3) 시폰케이크 : 하나도 감사하지 않은 날 작성한 감사 일기

* 시폰케이크(Chiffon cake) : '실크로 만든 케이크'라는 뜻으로 비단과 같이 우아하고 부드러워서 붙여진 명칭. 촉촉하고 탄력 있는 시폰 시트에 부드럽고 달콤한 생크림을 바른 케이크

저는 책 읽는 것을 굉장히 좋아합니다. 분야를 편식하긴 하지만 읽는 시간이 좋아 자주 읽는 편이고, 특히나 에세이나 자기 계발서를 선호하죠. 그 분야에서 항상 나오는 것 중 하나가 바로 '감사 일기'입니다.

감사 일기란, 하루에 감사한 마음이 드는 것들 혹은 감사하면 좋은 것들을 떠올리고 작성하며 오늘 하루를 감사함으로 마무리를 하기 위한 일기죠. 건강한 생각과 건강한 정신을 위해 작성하는 일종의 정신 수양 혹은 마음 수련입니다. 유명한 사람들이 이를 이용하여 많은 발전을 도모하기도 했고, 정신 건강에 좋아 긍정적인 방향으로 변할 수 있다는 이야기가 많아 대다수의 자기 계발서는 감사 일기 작성을 권합니다. 작성하기 쉬운데 발전하는 것은 빠르니 발전을 위해 많이 권하곤 하죠.

저 역시도 이런 감사 일기를 시작해 보았습니다.

*다들 좋다, 좋다 하는데 일단 해 볼까? 나라고 못 할 건 뭐야.*

감사 일기라는 것을 작성하면서 하루를 감사한 마음으로 보내며 스스로를 안정시키고 부드럽게 만들기 위함이라는 생각이었습니다. 마치 실크로 만든 케이크라는 뜻을 가져 부드럽고 촉촉한 시폰케이크(Chiffon cake)같이 말이에요. 나쁜 생각도 아니고 좋은 생각에 감사한 마음이라면 우울한 마음을 다 잡으며 스스로를 조금 더 안정되게 만들 수 있지 않을까 하는 것이 저의 생각이었습니다.

게다가 인증된 후기도 많고 효과도 좋다고 하니 하지 않는 게 오히려 손해라는 생각에 저는 청소가 우울에 효과를 주지 못하자 일단 집에 남아도는 작은 노트를 준비했습니다. 그리고, 무작정 시작했습니다. 제 감사 일기 첫 장에는 다음과 같이 적혀 있을 정도로 막무가내였습니다.

다들 후기가 좋고 에세이나 자기 계발서마다 나온 감사 일기 이제야 시작한다. 일단 시작하면 어떻게든 되겠지. 시작은 늦으나 도착은 결코 늦지 않기를.

말 그대로 '일단 시작하면 어떻게든 되겠지'의 마음이 강했습니다. 지금 이렇게 우울하고, 울적하면서 그 어떤 걸 해도 해결되는 건 없는데 적어도 남들이 좋다고 말하고 후기가 입증된 방법을 '일단' 해 보자가 된 겁니다. 뭐라도 해 보는 게 도움이 될 것 같았거든요.

감사 일기는 방법이 쉬웠기 때문에 접근이 어렵지 않았습니다. 작은 노트 하나에 날짜를 쓰고 오늘 감사했던 혹은 감사하면 좋은 일을 적는 겁니다. 없다면 안 써도 되고, 1개밖에 없다면 그 1개만 작성을 해도 좋다고 합니다. 많으면 많이 적고 없으면 안 적어도 되는 일기라니. 그리고 심지어 효과도 인증이 되었다니! 제 생각대로 '어떻게든 될' 것만 같다는 생각에 처음에는 가슴이 설레었습니다. 이제 이 우울이라는 놈과의 악연을 끊어 버릴 때가 왔군! 그 생각에 기뻤죠.

그러나, 그건 저의 큰 바람일 뿐이었습니다. 처음 며칠은 이 우울과 이별할 수 있다는 생각에 열심히 했습니다. 매일 최소 한 가지 이상의 감사한 일들을 떠올렸고, 짧으면 한 줄, 길면 세 줄 이상을 작성하며 스스로의 마음을 다독였죠. 그렇게 하니 생각보다 감사한 일들이 많이 나오기도 했고, 기분도 덩달아 좋아지는 거 같아 왜 좋다고 하는지 알 것 같았습니다. 역시 사람들이 좋다고 하는 건 좋긴 하구나 싶은 생각이 들 무렵.

오늘은 하나도 안 감사해…. 감사해 봤자 의미도 없어. 이걸 왜 하고 앉아 있지, 나는?

유독 직장에서 일이 잘 풀리지 않았고, 생각했던 것 외로 많은 일들이 일어났으며, 마음마저 스스로 다스릴 수가 없을 정도로 상태도 최악이었던 어느 날. 책상 앞에 앉아 가만히 감사 일기를 바라보는데 갑작스러운 우울감이 또 제 앞에서 손을 흔들기 시작했습니다. 안녕? 감사 일기 작성 후 우울은 처음이지? 우울과 이별하기 위해 시작한 감사 일기가 꼭 우울을 더 불러일으키는 것 같은 생각에 순간 온몸에 소름이 돋았습니다. 이게 뭐지? 싶은 생각에 냅다 감사 일기를 바닥으로 내던지니 여태까지 작성했던 페이지가 촤륵 소리를 내며 흩어지더니 어느 한 페이지를 손수 펼쳐 주는 것이 아닙니까.

*오늘 하루를 잘 버텨 주어서 감사하다.*

바닥에 던져진 감사 일기, 그리고 펼쳐진 페이지 하나, 그곳에 적혀 있는 과거의 감사함. 그 내용을 보는 순간 묘한 감정이 생겼습니다. 안 좋은 감정을 지우려고, 안 좋은 감정과 이별하려고, 안 좋은 감정들을 몸과 머리에 남기기 싫어서 시작한 이 감사 일기가 점점 반드시 써야만 하는, 쓰지 않으면 안 되는, 일종의 집착이 되어 버렸던 겁니다. 물론 감사하지 않은 날 혹은 정말 상태가 최악인 날엔 펼쳐 보지도 못한 채 잠을 청해 버렸지만 지금과 같은 불안정한 날에도 스스로의 마음을 다스리기 위해 최대한 감사 일기에 손을 뻗었죠. 그래서 시작한 지 얼마 되지 않았음에도 꽤 많은 감사함이 쌓여 가는 것이 신기했던 기억이 납니다.

하지만 지금은 감사함도, 스스로에 대한 대견함도, 온데간데없었습니다. 오늘 하루를 잘 버텨 주어서 감사하다? 그럼 여태까지는 못 버텨 왔다는 거야? 오늘을 포함해서? 점점 부정적인 생각은 꼬리에 꼬리를 물며 감사 일기에 대한 회의감까지 가 버렸습니다. 하나도 감사하지 않은 그런 날, 감사 일기를 써서 무얼 하나. 이 일기도 다 써 버리면 결국 버려질 것을 알면서도 왜 여태까지 억지로 감사하고 있었을까. 여러 가지 생각이 들었던 겁니다. 마음의 평화를 위해 시작한 일이 결국 마음에 기름을 붓고 스스로 불을 피워 버린 셈이 되었던 거죠.

감사하지 않은 날에는 작성하지 않아도 되고, 반드시 감사한 것을 찾아야만 한다는 강박을 버려도 된다고 했지만, 일기를 시작한 뒤부터 쓰지 않으면 안 될 거 같은 위압감에 저는 그만 우울이 아닌 감사 일기와 이별을 해 버렸습니다. 여전히 우울은 제 등 뒤에서 저를 너무 좋아해 매번 뒤에서 저를 끌어안고 있었고, 떨어지지 않았습니다. 부드러운 마음가짐과 안정된 마음을 원해서 시작했던 이 감사 일기가 결국은 그 반대가 되어 버린 상황.

이 방법마저도 실패, 실패, 실패! 대 실 패! 우울과 친한 친구가 되어 버린 이 순간의 저는 참으로 감사하지 않았습니다.

## 4) 모닝빵 : 미라클 모닝? 그냥 모닝빵이나 먹고 싶다

* 모닝빵(Morning Bread) : 담백하고 부드러운 아침 식사용 빵

'미라클 모닝(Miracle Morning)'이라는 것을 처음 알게 되었던 때는 아마 입사한 지 얼마 지나지 않은 시기였을 겁니다. 대학생 때는 고등학교 때 놀지 못한 것의 한을 풀어 보겠다고 성적 관리도, 이력 관리도 하지 않은 채 놀고 싶은 대로, 하고 싶은 대로 생활한 탓에 잠이라는 것을 신경 쓰지 않고 제멋대로 생활했었죠. 그렇기에 미라클 모닝이라는 단어 자체를 몰랐고, 제가 자고 싶을 때 자고 일어나고 싶을 때 잠을 청했죠.

그러나 입사를 하게 되고, 힘든 나날을 매번 보낼 때 우연히 얻은 책에서 '미라클 모닝'이라는 것을 알게 되었습니다. 입사 초기 때의 일이었지만, 우울해지고 나서 문득 그 단어가 떠오르기 시작한 겁니다. 감사 일기 작성 이외에 다른 무언가를 시도해 보고 싶었기 때문이었을까요.

저는 감사 일기 작성을 멈추고 난 다음 날, 미라클 모닝을 떠올리며 또다시 새로운 것을 시도해 보았습니다. 아직까지 제 등 뒤에서 사라

지지 않는 이 우울이라는 친구가 저를 놓아 줄 생각이 없자 저는 다급해진 것이지요. 그래서 선택한 방법은 '잠 제대로 자기'였습니다.

　자고로 수면이라 하면, 우울한 기분도 안 좋았던 기분도 모두 한 방에 해결할 수 있는 최고의 방법이지 않습니까. 물론, 우울하고 기분이 좋지 않을 때에 잠에 드는 것이 힘들어 매일을 방황하곤 하지만, 만약 그 시기를 거쳐 잠을 자게 되면 다음 날 아침 뭔가 개운하고, 모든 일이 해결된 것만 같은 신기한 기분이 들게 만드는 신기한 방법! 저는 적정 수면 시간을 지켜 아침형 인간이 되어 보자고 다짐했습니다. 예전에 읽었던 책에서 말하기를, 모든 선택은 새벽이나 아침에 일어나서 하라고 하였습니다. 감정에 지배되는 것을 막기 위한 한 가지 방법이라고 했는데, 오후나 밤이 되면 감성적이게 되어 잘못된 결정과 선택을 할 수 있다고 합니다. 반면, 새벽이나 아침에는 이성적인 면이 강해서 오후에 했던 결정과 선택보다는 보다 더 좋은 방향으로 이끌 수 있다고 하죠. 그 말을 떠올린 저는 아침형 인간이 되어 산뜻하고 상쾌한 기분과 함께 감정에 휘둘리지 않는 사람이 되고자 했습니다. 그렇다면 우울이라는 친구도 저의 상쾌한 감정에 무서워 도망가지 않을까요?

　아침형 인간이 되고자 했던 저의 첫 번째 시도는 저의 수면 양상을 되돌아보는 거였습니다. 저는 고등학생 때부터 제가 야간에 무엇이든 잘되고 힘이 넘쳐나는 흔히 '올빼미형 인간'이었음을 판단하고 대부분 밤과 새벽의 시간을 즐겼고 아침 시간은 잠을 자는 것에 집중했습니다. 다만, 그렇게 되니 사람이 감성적이게 되고 전 애인에게 '자니…?' 하고 연락을 취하는 것과 같이 예상치 못한 행동들을 하며 다음 날 아침에 되면 줄곧 후회하곤 했죠. 게다가 저는 직업상 3교대를 하기에 수면 양상이 항상 바뀌는 직업군입니다. 그렇기에 아침형 인간이 되기란 쉽지 않았죠.

하지만, 이제는 그런 행위들을 번복하지 않겠다는 마음으로 밤에는 일찍 잠에 들고, 아침에는 일찍 일어나려고 노력했습니다. 최대한 자기 전 전자파가 나오는 행위들을 하지 않고, 잠을 잘 올 수 있게 자기 전 책을 읽는 것으로 습관을 바꾸었습니다. 또한, 낮에 최대한 활동을 했고, 식사 시간도 가능한 선에서 조정하였습니다.

3교대였던 저는 새벽 근무를 할 때면 자연스럽게 아침형 인간이 되니 출근 적정 시간에 일어나 일을 하는 동안 최대한 많은 움직임을 수행했고, 퇴근하면 오후 활동을 최대한 많이 하며 밤에 잠이 잘 올 수 있도록 스스로를 변화시켰습니다. 그리고 오후 근무일 때는 보통 13시 30분 정도에 출근을 하기에 전날 늦게 자고 11시나 12시에 일어나는 것이 일상이었는데 처음에는 10시 반, 다음 날은 10시, 그다음 날은 9시… 등. 점차 아침에 일어나는 시간을 줄여 오전 시간을 활용하는 방법을 강구했죠. 그리고 대망의 밤 근무. 가장 건강에 좋지 않고 수면 양상을 가장 깨트리는 근무. 그날 역시 아침에는 가능한 한 일찍 일어나고 낮까지 활동했으며, 점심을 먹고 적절하게 수면을 취한 뒤 밤에 출근하도록 스스로를 다그치고 또 다그쳤죠.

교대 근무를 하는 아침형 인간이 되길 바라며 근무에 맞춰 며칠은 그렇게 하려고 했습니다. 과도한 잠을 취해서도 안 되고, 너무 적은 잠을 자도 안 되고. 최대한 제 적정 수면에 맞게 잠을 잔 뒤 활동도 하고, 새벽 늦게까지 활동을 하지 않게 스스로를 조율했습니다.

그래서 저는 어떻게 되었을까요?

*혹시… 어디 아프니? 엄청 아파 보여.*
*어제 늦게 잤어? 왜 이렇게 피곤해 보이지?*
*잠 좀 자야겠다. 눈꺼풀이 반은 감겨 있는데?*

네. 저는 평소보다 더 피곤에 절어 있고 광고의 한 부분인 '피로는 모두 간 때문이야!'를 외쳐 대는 애매한 아침형 인간이 되었습니다. 진화가 잘못된 사람마냥 비실비실 다니게 되었죠.

그에는 이유가 있었습니다. 계획만큼은 완벽했고, 생각보다 처음에는 일어나는 것이 어렵지 않았습니다. 아침 알람 소리에 눈을 뜨고 일단 화장실로 가 씻어서 정신을 차리고 보면 제가 예상했던 시간에 잘 일어나 있었죠. 굉장히 뿌듯했습니다. '와, 나도 이럴 수 있구나? 나도 한다면 하는 사람이지!' 그런 만족스러운 생각을 하며 며칠을 계속 일찍 일어나 활동을 했지만…… 문제는 다음에 있었습니다.

*그래서, 일어난 다음에는? 그리고는 뭐 해야 돼?*

근본적인 문제를 해결하지 못한 채 일단 일어나 있으니 아무 소용이 없던 겁니다.

아침 독서가 좋다 하여 아침에 정신을 차리고 책상 앞에 앉아 책을 읽어 보았습니다. 그러나 잠을 잤지만 뭔가 피곤한 기분과 함께 책을 읽으니 책 내용은 눈에 들어오지 않고, 방금 읽었던 구절을 다시 한번 읽으면서도 본인은 모른 채 책장만 넘기고 있으니 읽어도 소용이 없는 거죠. 게다가 안 그래도 피곤한데 책을 읽으니 더 잠이 오는 것만 같은 기분이 잔뜩. 결국엔 아침 독서는 장렬히 실패.

다음으로 시도한 것은 공부였습니다. 아침에 공부하는 것이 좋다는 얘기를 어디선가 듣기도 했으니 한 번 시도해 보자였죠. 그래서 평소에 관심 있던 영어, 일본어와 같은 제2외국어를 시도. 가끔은 자격증 공부를 해 보기도 하며 일단 책을 펼쳤지만 아까 아침 독서와 같은 상황이 펼쳐져서 이번에도 실패.

'그럼 운동이나 해 볼까?' 생각했습니다. '아침 운동도 좋다고 하니 그 좋다는 걸 일단 해 보자!' 하는 생각이 가득했으니까요. 그러나 운동이라니. 평소에 움직이는 걸 그리 좋아하지 않고 운동이라고 해 봤자 숨쉬기 운동을 했던 제겐 아침 운동이라는 것도 어려웠습니다. 뭐를 어떻게 해야 할지 가늠이 되지 않았으니 운동은 생각만 하고 시도조차 하지 못했죠. 생각이 실현이 되었다면 좋았겠지만 그럴 능력이 당시의 제겐 없었습니다.

결국은 아침에 눈은 일찍 떴지만 휴대폰을 만지거나 노트북으로 인터넷 쇼핑을 하는 등 일상적인 일을 하게 되어 버렸습니다. 아침 일찍 일어나서 휴대폰을 감상하고 인터넷 쇼핑을 즐기거나 웹툰 및 웹소설을 읽는 사람이 되어 버린 겁니다. 올빼미형 인간과 달라진 게 있다면 밤에 하던 일을 아침에 하게 되었다는 것 정도. 그러나 그 '일'이라는 것이 생산적인 일이 아니라 쇼핑을 하고 영상을 보는 아주 단순한 일이었다는 것.

그렇게 되니 결국 아침에도 전자파, 점심에도 전자파, 저녁에도 전자파를 맞이하며 밤에 잠이 드는 것이 점차 어려워지게 되었습니다. 상황을 똑같이 해도, 하는 것이 매번 똑같은 영상을 보고 같은 웹툰을 보는 등의 단순한 행동이라서 그런 걸까요. 잠에 드는 것이 어려우니 자연스럽게 늦게 자고, 일찍 일어나던 습관도 점차 시간이 늘어나 이전과 같이 돌아와 버리는 지경에 이르렀죠.

성공한 사람들이 말하는 '아침을 잘 활용하는 방법' 같은 건 제게 소용이 없었던 겁니다. 흔히들 '미라클 모닝(Miracle Morning)'이라고 말하는 그 기적의 방법은 저와는 아주 많은 거리가 있었던 겁니다.

미라클 모닝? 모닝빵이나 먹고 싶다······.

작전명 아침형 인간 되기.

출력물 항상 피곤에 절어 있는 이 시대의 직장인과 다를 바 없는데 거기에 더 얹어 피곤함이 가중되어 있는 아침형 인간.

## 5) 생토노레 : 책을 읽는 순간, 나는 주인공이 된다

* 생토노레(Saint Honore) : 여왕의 디저트라고 불리며 파트 브리제 반죽 위
  에 캐러멜을 묻힌 슈를 왕관 모양처럼 만든 후에 생토노레 크림을 짜 넣어 완
  성시키는 겉은 바삭하고 속은 부드러운 달콤한 왕관 모양의 프랑스 디저트

원래 어렸을 때부터 책을 읽는 것을 좋아하여 글도 모르는 나이에 글이 빽빽한 책을 들고 다닐 정도로 저는 책과 항상 함께 했다고 합니다. 세 살 버릇 여든까지 간다고, 저는 언제 어디서든 책을 읽는 것에는 두려움이 없고 어려움이 없었죠. 그것이 저의 큰 장점이라고 생각했습니다.

하지만, 우울한 감정이 느껴질 때면 책이고 뭐고 다 생각도 나지 않고 오히려 이런 책을 읽는 게 뭐가 도움이 되냐는 부정적인 생각들에 빠지고 맙니다. 그래서 우울과 친해졌을 때는 아예 몇 달간 책을 읽지도 않고 해야만 하는 것들도 하지 않는 삶을 살았죠. 그만큼 저에게 우울이란, 좋아하던 것도 다 놓아 버리게 만드는 감정 중 하나였습니다.

그리고 반대로, 우울할 때 문득 생각났던 것은 바로 독서였습니다. 책. 책을 읽고 싶다는 생각이 들었습니다. 책이란 자고로 지금 느끼는

현실과는 다른 삶들을 경험할 수 있고, 읽는 순간만큼은 제가 그 책의 주인공이 된 것마냥 상상하게 되니 지금 이 우울하고 울적한 현실을 벗어날 수 있는 유일한 방법이라는 생각이 들었기 때문입니다.

그래서 천천히 책에 손을 대기 시작했습니다. 안 그래도 우울한데 처음부터 빽빽하게 글만 적혀 있는 걸 읽기에는 무리라는 생각에 일단 만화책을 읽기 시작했습니다. 시간을 보내기도 좋았고, 가볍게 읽기 좋은 만화책으로 시작하면 저의 감정에 집중하기보다 흥미로운 책에 집중하게 될 것이고, 그로 인해 책을 읽는 것이 다시 즐거워질 거라는 생각이 들었으니까요.

그렇게 시작된 일종의 스스로 이름 정한 '책 읽기 프로젝트' 집에 가득한 만화책부터 읽기 시작하며 흥미로운 주제의 책들로 천천히 뻗어가기 시작했습니다.

처음 만화책을 읽기 시작했을 때는 꽤 많이 읽었던 내용이고 다음 내용을 다 알고 있는 책이었기에 흥미가 느껴질까 싶었지만 읽으면 읽을수록 '아, 그 장면이 있었는데… 몇 권에 있었더라?' 하는 생각을 하며 다음 편을 읽고 싶게 되었고, 오랜만에 보는 즐거운 장면에 '아, 맞아! 이런 장면도 있었지!'라는 생각들을 하며 온전히 책에 물들고 있었습니다. 그러니 자연스럽게 다른 것들은 떠오르지 않아 책에 몰입하게 되었고, 우울한 감정이 조금씩 사라지기 시작하는 것 같았습니다.

그리고 이어서 만화책 대신 늘 읽었던 자기 계발서나 에세이를 다시 읽기 시작했죠. 그곳에는 미래의 발전을 위한 방법들이 가득 적혀 있어 그 책을 읽을 때면 제가 마치 그 계발서의 주인공이 되어 성공한 미래의 저의 모습이 그려져 굉장히 흥미를 가졌던 장르 중 하나입니다. 이번에도 그런 감정이 느껴지며 지금 당장 성공한 인생을 살아 타인에게 저의 이 행복하고 멋진 삶을 소개하는 사람이 된 것마냥 빠져들었죠. 흡입력과 흡수력에 감탄하며 에세이와 자기 계발서에 푹 빠졌습니다.

마지막으로 소설책을 꺼내 들었습니다. 소설책 속의 주인공은 항상 고난과 역경은 있지만 행복한 결말을 맞이하는 책이기에 그 책 속의 주인공에 몰입을 한다면 저는 분명 우울을 벗어던지고 고난을 이겨 낸 행복한 결말을 맞이하는 사람이 되어 있으리라 믿었습니다. 그리고, 그 예상은 적중했습니다. 저는 멋진 주인공이 되어 모두에게 박수를 받는 존재로 마무리를 하게 된 거죠. 이게 책의 매력이 아닐까 하는 생각이 들며 괜히 어깨가 들썩들썩. 어깨가 하늘 끝까지 솟아오른 느낌에 입꼬리도 주체가 되지 않았습니다.


책을 읽는 내내 마치 제가 주인공이 된 것 마냥 행복에 들뜨고 그 주인공이 행복한 결말을 맞으면 정말 저도 행복한 결말을 맞은 주인공마냥 행복했습니다. 마치 여왕의 디저트라 불리는 '생토노레(Saint Honore)'라는 디저트처럼 말이에요. 왕관 모양을 하고 있는 이 디저트는 마치 책을 읽는 내내 주인공이 된 저를 대표하는 디저트 같아서 참으로 좋았습니다. 책을 읽는 내내 그 디저트를 생각하며 주인공에 심취

한 채 마음껏 들떠 있었죠.

　그러나 딱 거기까지였습니다.

　행복한 결말을 맞이하고, 멋진 사람이 된 뒤 책을 덮어 버리니 다시 느끼게 되는 지금 이 현실. 그 책의 주인공이 제가 아니었다는 현실을 자각하니 다시 스멀스멀 피어오르는 우울이라는 감정에 현실 자각을 하게 된 거죠. 자기 계발서 안의 멋진 주인공도, 결국은 그 모든 것을 직접 실행하고 실천해야지만 될 수 있었으나 저는 그저 가만히 앉아서 책만 읽었지 아무것도 하지 않은 상태라는 사실에 또 한 번 자괴감을 느꼈습니다. 역시나 생토노레(Saint Honore)와 같은 여왕의 왕관은 저와 함께 할 수 없는 비현실적인 것이었죠.

　책을 읽어서 그 순간은 좋았지만, 알게 모르게 다시 우울이 찾아오는 이 묘한 느낌.
　좋지만 애매한 감정으로 마무리가 된 거 같아 오히려 허전함만이 가득했습니다.

## 6) 수플레 : 일단 나가기

* 수플레(soufflé) : 수플레란 '부풀다'라는 뜻을 가졌으며, 밀가루, 달걀, 버터 등으로 만든 반죽을 오븐에서 부풀려 구워 낸 요리

이제는 집에서 할 수 있는 것들은 최선을 다해 시도를 해본 것 같습니다. 노래도 들어 보고 청소도 해 보고 감사 일기도 써 보고 수면도 취해 봤음에도 이 끈질긴 우울은 사라질 생각을 하지 않았습니다.

그래서 이제는 밖으로 나가기로 마음먹었죠. 집에 있어 봤자 생산성도 떨어지고 오히려 더 우울해지는 것만 같아 무작정 밖으로 나갔습니다. 계획도 없었고, 운동을 하겠다는 생각도 아니었습니다. 그래, 나가자! 일단 나가 보자! 그런 생각이었습니다.

저의 우울이 본격적으로 시작되어 이 글을 쓰게 된 시점은 약 3월경. 봄이었기에 그리 춥진 않았으나 작은 꽃샘추위로 온도가 낮았던 시기였습니다. 그래도 나가는 것에는 큰 부담이 없어 대충 옷을 주워 입고 밖을 나갔던 거 같습니다. 햇볕을 쬐고 비타민D를 섭취하면 기분이 좋아지고 우울감을 해결하는 것에 도움이 된다는 말도 있지 않습니까. 저는 그 말을 손수 보여 주기 위해 나갔죠.

그리고 걸었습니다. 발걸음을 움직여서 발 닿는 대로 걸었습니다. 처음 저의 발걸음은 익숙한 듯 각종 인프라가 가득한 거리로 향했습니다. 그곳에는 다양한 먹거리도 있었고, 구경할 거리도 있었으며, 카페도 많았죠. 눈과 배가 즐거운 거리 중 하나인 곳입니다. 습관처럼 그곳으로 걸어가며 주변을 살펴보았습니다. 새로 생긴 곳도 몇몇 보이고 익숙한 곳도 많이 보입니다. 눈이 꽤 즐거웠습니다.

　　하지만 막상 걸으니 목이 탑니다. 근처에 있는 다양한 카페 중에 가장 가까운 카페에 들어섭니다. 기분이 좋지 않을 때는 머리가 어지러울 정도로 달달한 걸 마시면 좋다고 하여 휘핑크림이 가득한 카페 모카를 시켰습니다. 휘핑을 조금 더 올려 달라고 직원에게 얘기하는 것도 잊지 않았죠. 그렇게 받은 카페 모카를 들고 다시 걸었습니다. 달달한 음식이 들어가니 기분이 조금 나아지는 것 같았습니다.

　　걷다 보니 흔히 말하는 '예쁜 쓰레기'를 많이 파는 곳도 보입니다. 예쁘고 귀엽고 사랑스럽지만 쓸모는 없는걸 주로 예쁜 쓰레기라는 표현을 하는데, 저는 그런 것들을 참으로 좋아합니다. 귀여운 게 최고야. 귀여운 거 짱. 이런 생각으로 귀여운 문구 용품이나 다른 물건을 사는 걸 좋아하죠. 그렇기에 달달한 카페 모카도 마셨겠다. 그곳을 안 들릴 수 있겠습니까. 일단 나왔고 걸었으니 구경 한번 해 줘야죠. 들어가자마자 다양한 물건들이 저를 향해 눈을 반짝거립니다. 나를 구매해, 얼른! 꼭 그렇게 말하는 거 같죠. 저는 그 유혹에 어김없이 넘어가고 맙니다. 처음에는 하나였던 것이 두 개가 되었고, 세 개가 되고, 네 개가 되고, 열 개가 되고……. 결국 예쁘고 귀여운 물건들을 구매! 생각지도 않은 Flex를 시전하였습니다. 기분이 좋아지는 것 같았습니다.

걷기도 했고 쇼핑도 하니 어쩐지 배가 고파지는 것 같습니다. 근처에 보이는 햄버거 가게에 들어갔죠. 제가 들어간 햄버거 가게는 새로 생긴 수제 햄버거 가게로, 언제 한 번 꼭 들러야지! 하고 다짐했던 곳입니다. 나온 김에 먹고 가면 좋겠죠. 결국은 그곳에 들어가 든든하게 세트 메뉴를 주문하여 배까지 채웠습니다.

제 양손에는 예쁜 쓰레기들이 가득하고, 제 배는 맛있는 수제 햄버거로 가득 찼습니다. 이제는 집으로 돌아가도 좋을 거 같습니다. 달달한 음료도 마시고, 예쁜 쓰레기도 사고, 맛있는 음식도 먹고 집으로 돌아가는 길.

*내 통장 잔고가… 대체 왜 이러지?*

집으로 돌아와 우연히 발견하게 된 저의 통장 잔고. 어쩐지 많은 금액을 쓴 거 같은 느낌에 고개를 갸웃했지만, 아까의 행동을 되돌아보니 납득이 될 수밖에 없었습니다. 우울한 마음에 일단 나가자고 생각해서 나갔지만, 결국은 돈을 쓰면서 우울감을 떨쳤던 저를 되새기며 이건 아니라고 생각했죠. 일단 나가기! 해 보았지만 결국은 돈을 쓰게 되고 자꾸만 느껴지는 우울을 버리기 위해 허기지고 비어 있는 공간을 다른 것으로 채우려고 했던 것입니다. 일단 집을 벗어나 나가기로 했지만 결론적으로 제자리걸음을 한 셈입니다. 자연스럽게 제게 다가오는 지름신.

제자리걸음으로부터 벗어나기 위해 '일단 나가기'의 범주에서 다양한 것도 해 보았습니다. 정말 나가기만 하는 것이 아니라 쓰레기를 버리기 위해 나가 보기도 했고, 가벼운 산책이라도 하자는 생각에 목적지를 정해 놓고 한 바퀴 돌아보기도 했으며, 배달 음식을 주문하는 대신 포장을 해 오는 등 움직일 수 있는 대로 움직여 보았죠.

그래서 우울은 어떻게 되었냐고 물으신다면, 돈으로 Flex 하며 우울을 해결하려는 것만 같은 저의 특이한 지름신으로 인해 장렬히 실패했다고 밖에 대답할 길이 없습니다.

일단 나갔지만 돈만 쓰면서 아주 짧은 행복을 누렸고, 이외에도 다양한 나가기를 시도했지만 쓰레기 버리는 것은 쓰레기가 없어서, 그리고 쓰레기를 버리면 끝이라 짧은 순간만 도움이 되어 실패. 가벼운 산책을 하기 위해 목적지를 설정하고 나가는 것 역시 아까 '일단 나가기'와 비슷한 상황이 되풀이되어 실패. 배달 음식을 포장으로 대체하려는 것 역시 작심삼일로 후에는 귀찮아져 결국 배달비를 지불하여 음식을 배달하는 것으로 원상복구되었습니다.

처음에는 그냥 나가자고 생각했지만, 막상 나가니 달달한 음료도 마셔 버리고 당장은 필요하지 않은 물건들을 사고 예상하지 못한 음식으로 배를 채워 지출을 마구잡이로 해 버린 상황. 자꾸만 처음과는 다르게 행동들이 늘어나고 부푸는 것이 꼭 '수플레(soufflé)' 같아 보이지 뭡니까. 수플레는 잔뜩 부풀어 올라 제 모양을 아름답게 내고 더 부드럽고 촉촉한 디저트가 되지만, 저는 다른 부수적이고 필요 없는 것들이 부풀어 올랐던 거죠. 수플레마냥 잘 부풀어 오른 것은 저의 우울감뿐이었을까요.

　일단 나가는 시도는 좋았으나, 여러 실패 요인으로 인한 아주 큰 대.실.패.
　또다시 우울은 저와 최고의 친구가 되겠다고 달콤하게 속삭입니다. 우리 평생 함께 해! 하고 말이죠.

• 우울해지면 디저트를 맛보아요

# 7) 가토 쇼콜라 : 운동하기

* 가토 쇼콜라(gateau chocola) : 진한 초콜릿 맛과 부드러운 식감의 케이크

이제 더 이상 회피할 수도 없고 하지 않을 수가 없는 상황이 왔습니다. 그것은 바로 '운동'. 알다시피 저의 우울감과 함께 지름신이 같이 오지 않았습니까. 그래서 질러 버린 315만 원 상당의 운동을 더 이상 미룰 수가 없게 되었습니다.

사실은 몸을 좀 움직이고 운동을 하면 나아질까 싶어 헬스장 등록을 했지만 그 뒤로 성적은 지지부진. 가는 둥 마는 둥 하기도 했고 Personal Training을 맡아 주는 트레이너 선생님과의 수업 이후에는 적절한 유산소를 하라는 숙제를 내주었지만 눈치를 보며 트레이너 선생님이 사라지면 몰래 집에 가는 등 아주 대단하게 운동을 회피하고 있었습니다.

하지만 이제는 도저히 피할 수가 없었죠. 다른 것을 아무리 해도 우울이 자꾸만 제 곁에 찰싹 달라붙으니 이제는 정말 운동을 하기로 마음먹었습니다.

일단 운동 시작 전, 저의 목표는 '작은 목표를 두고 성취감을 얻은 뒤 더 큰 목표를 세우기'였습니다. 무조건 '10kg을 뺀다!'라는 큰 목표만 바라보기에는 저의 체력도, 저의 실력도, 저의 감정도 허락을 해 주지 않았으니까요.

그래서 제가 처음 정한 첫 목표는 '트레이너 선생님과 근력 운동한 뒤 유산소 운동 10분 이상 타기'였습니다. 일단 PT를 끊었기 때문에 날짜를 잡고 시작을 하게 될 거고, 트레이너 선생님과 함께하는 50분은 최소 운동을 할 수밖에 없습니다. 다만, 트레이너 선생님이 없을 때 혼자 하는 운동은 너무 어렵고 싫었던 거죠. 당장 집에 가고 싶었고, 이렇게 해서 뭐 얼마나 좋아지겠나 싶었습니다. 하지만 그런 모든 생각을 버리고 '일단 하자! 일단 혼자서 유산소 운동 10분 이상 해 보자!'라고 생각했습니다.

처음이기 때문에 열심히 한다는 생각은 잠시 접어 두고, 저는 사실 그 작은 목표도 성취하기가 힘들었습니다. 10분은 무슨, 근력 운동을 끝내자마자 트레이너 선생님과 함께 헬스장을 나서서 집에 가고 싶은 마음이 굴뚝같았죠. 그래서 처음은 작은 목표였지만 성취하기가 힘들어 몇 날 며칠을 계속 반복하기만 했습니다.

하지만 그 행동을 4~5번 반복하고 나니 다시 한번 마음을 먹었습니다. 이미 작심삼일도 지났겠다, 눈 딱 한 번 감고 지금 이 순간만 유산소 운동 10분 넘게 타 보자. 내일 멈추는 한이 있어도 일단 오늘만이라도 해 보자. 그런 생각이 들었습니다. 그 생각에 정말 딱 한 번만 러닝 머신 위에 올라타 10분 동안 노래를 틀어 놓고 움직였습니다. 10분이면 노래 3곡만 들으면 되는 것이라 생각하고 좋아하는 노래 3곡을 들으며 러닝 머신 위에서 움직였죠. 좋아하는 노래를 속으로 따라 부르며 러닝 머신이 움직이는 대로 따라가다 보니 어느 순간 15분을 훌쩍 지나 있었습니다.

*어… 생각보다 할만하네?*

저는 15분이 지나고, 20분이 지나고, 30분까지 지나는 시간을 보며 딱 그 생각을 했습니다. 생각보다는 할 만했다는 사실을요. 그저 저는 러닝 머신이 움직이는 대로 움직이기만 했을 뿐, 좋아하는 노래를 들으며 즐기고 있었는데 시간이 훌쩍 가 버리는 겁니다. 바뀐 것이 있다면 노래를 듣는 장소가 집이나 밖이 아니라 헬스장이라는 것 정도. 그러면서 문득, 저는 작은 성취감과 함께 노래를 들으며 몸을 움직이는 동안은 감정 변화에 신경 쓰지 않았다는 사실을 깨닫게 되었습니다. 노래를 들으며 흥은 나지만, 그 시간만큼 움직이게 되고, 움직이니 자연스럽게 땀이 나고 힘이 들었죠. 몸이 지치니 감정을 생각할 겨를이 없었습니다. 분명 처음에는 우울하고, 처지는 것 같았지만 지금은 그저 몸이 힘들다, 지친다, 이런 생각만 가득했던 겁니다. 적어도 저의 우울한 감정에 집중을 하지 않게 된 것이죠.

순간적으로 저는 달콤한 초콜릿 케이크를 입에 머금은 것만 같은 생각이 들었습니다. 우울할 때나 짜증 나는 기분이 들 때면 달달한 초콜릿을 입에 머금은 채 가만히 생각을 정리하면 감정들이 조절이 되거나 사라지곤 했었거든요. 그런데 가토 쇼콜라(gateau chocola)와 같은 달콤한 초콜릿 케이크를 먹게 되면 그 달콤함이 초콜릿 한 조각보다 더 많아 정리도 빠르게 되고 차분해지는 시간도 짧아진답니다. 운동을 하고 '와, 이게 되네?'라는 생각이 들 때, 저는 초콜릿 케이크를 먹었던 그 순간과 같아졌습니다. 차분해지고, 좋지 않은 기분이 사라지고 우울한 감정이 서서히 사라지고 있는 걸 느낀 거죠. 우울한 감정에 집중을 하지 않게 된 것만으로도 꽤 많은 발전이라고 생각했습니다.

그날 이후로 천천히 성취감을 얻으며 작은 목표를 계속 설정하고 이뤄 냈습니다. 처음에는 10분이었던 운동이 30분이 되고, 50분이 되고, 1시간이 되기도 했고, 이제는 제법 스스로 운동에 대한 계획을 짜기 시작했습니다. 그러더니 이제는 트레이너 선생님의 칭찬에 힘입어 운동 외에도 다른 것에 눈을 돌리기 시작한 거죠.

처음에는 딱 한 번만, 지금 이 순간만이었습니다. 오늘 하고 내일 그만두더라도 지금 해 보자! 이 생각으로 했던 것이 지금은 스스로 운동 계획을 짜고, 트레이너 선생님과의 수업이 없어도 스스로 운동을 하러 오는 수준까지 되었습니다. 운동을 하고 땀을 빼며 몸을 지치게 만드니 적어도 기분 변화에 신경 쓰지 않고 우울하다는 생각이 들지 않았기에 저는 운동에 대한 긍정적인 효과에 집중하게 되었습니다.

• 우울해지면 디저트를 맛보아요

과하지만 않으면 적당한 땀과 지침이 우울을 생각나지 않게 한다는 사실에 드디어 보이기 시작했습니다. 우울과 이별할 수 있는 아주 작고 희미하지만 또렷한 빛이.

## 8) 화전 : 나의 우울증 고백

* 화전(花煎) : 여러 가지 색으로 물들인 찹쌀가루를 반죽하여 진달래나 개나리, 국화 따위의 꽃잎이나 대추를 붙여서 꽃 모양으로 만들어 기름에 지진 떡

매일 꾸준히 운동을 가는 건 아니었지만, 그래도 틈이 나거나 우울해질 때에는 최대한 운동을 가려고 했습니다. 꽤 많은 발전을 하게 된 스스로가 자랑스러웠지만, 그렇다고 한들 우울과 완벽하게 이별하는 것은 무리였습니다. 운동을 하루 종일 하는 것도 아니었으며, 그 외에도 받는 작은 스트레스들이 모여 결국엔 우울한 감정을 만들어 냈죠. 게다가 퇴근하고 나서나 혹은 출근 전에도 힘이 들면 운동을 갈 힘이 없다는 생각에 꾸준하게 갈 수가 없었습니다. 그리고 그럴 때면 저는 수도 없이 그 우울한 감정에 말려들었죠. 이길 수가 없었고, 이길 방법이 없었죠. 결국엔 운동을 며칠 가지 않게 되었고, 다시금 침대와 바닥과 물아일체가 되며 마음도, 감정도, 모든 것이 축 처지기 시작했습니다. 많은 방법들을 시도했지만 결국엔 이렇게밖에 결론이 나지 않는 건 역시나 우울을 이겨 낼 수 없기 때문이라고 생각했죠. 저는 원래 우울한 사람이고, 평생 우울과 함께 해야 할 사람이라며.

그럴 때에도 불구하고 저는 매번 똑같은 일상을 맞이하며 출근을 해

야 하고 일은 해야만 했습니다. 대부분의 사람들이 그렇듯, 저 역시도 우울한 감정을 숨긴 채 쳇바퀴 같은 일상을 지낼 수밖에 없었죠.

*저 사실, 너무 우울해서 운동도 시작하고 주변 정리도 해 보고, 할 수 있는 건 다 해 봤어요.*

저는 그때, 우연한 계기로 저의 우울증에 대해 고백한 적이 있었습니다. 많은 시간을 함께 보내고 많은 날을 함께 한 어느 동료들에게 말이에요. 몇 년을 알고 지냈던 것도 아니고, 앞으로 평생 볼 수 있을지도 미지수인 관계였습니다. 직장에서 만난 사이. 그중에서 그나마 친분이 깊고 얼굴을 자주 마주치는 사이 정도. 정리하자면 조금 친한 직장 동료 정도인 관계에 제 우울증을 고백한 것입니다. 충동적인 것도 아니고, 생각을 하고 말한 것은 더더욱 아니었습니다. 의도하지 않은 우연한 상황 속에 말이 나왔지만, 적어도 말을 해도 괜찮겠다는 사람의 앞에서 고백하게 된 거죠.

처음 그 얘기를 꺼내었을 때, 저는 그저 단순하게 안타깝다, 우울해서 어떻게 하나, 힘내라 등의 가벼운 답변이 들릴 것이라 예상했습니다. 말 그대로 '남의 일'이기 때문에 깊게 생각하지 않을 거고, 좋은 이야기도 아닌데 굳이 오래 끌고 갈 필요는 없을 것이라 추측했기 때문입니다.

하지만, 제 우울증 고백을 들은 동료들은 하나같이 똑같이 반응했습니다.

*많이 힘들었겠다…. 그걸 직접 이겨 내려고 다양한 걸 해내는 네가 정말 대단해!*

한숨과 함께 '어떡해…….' 하고 다른 이야기로 빠르게 넘어가려는 눈치를 줄 거라 예상했던 저의 생각과는 달리, 그들은 하나같이 대단하다며 엄지를 제게 척 하니 들어서 보여 주었죠. 우울했고, 너무 힘들었고, 하루 종일 침대에 누워서 아무것도 안 하게 되었던 감정이 나를 잠식했다, 그게 너무 힘들어서 이것저것 시도를 해 보았다. 이런 푸념과 같은 말에 돌아오는 대답.

*대단해!*

저는 솔직히 너무 의외의 대답에 놀랄 수밖에 없었습니다. 이런 분위기에 이런 이야기를 왜 하냐는 듯 눈치를 주며 빠르게 다른 이야기로 돌릴 줄 알았지만 오히려 그 부분을 인정해 주고 제 감정도 보듬어 주는 그들의 반응에 마음이 울컥하기도 했고, 괜히 어깨가 으쓱거려지기도 했습니다.

*내가 정말 대단한 사람인가? 나 생각보다 괜찮은 사람인가?*

다른 사람들은 우울하면 그냥 축 처지기 마련인데 직접 이겨 내려고 여러 가지를 시도했다는 것이 정말 대단하다는 그들의 반응에 정말 제가 대단한 사람이 된 것마냥 그렇게 기분이 좋을 수가 없었습니다. 심지어 저와 가장 친하거나 가까운 대상이 아닌, 깊은 관계가 아님에도 불구하고 말이에요.

그 이후로도 어떤 것으로 이겨 내려고 했는지 자세히 얘기해 달라며 영웅담을 얘기하듯 줄줄 늘어놓게 되었고, 그럴 때마다 그들은 지겨워 하지 않고 제 우울이 이상하다 여기지 않고 꼼꼼하게 들어 주었습니다. 그리고 마지막엔 항상 답했죠.

*대단해!*

물론 아무에게나 쓸데없이 주제를 저의 우울에 대해 얘기했던 것은 아니었습니다. 동료지만 그중에서도 꽤 친하다고 생각한 동료이기도 했고, 하루의 절반은 회사에 집중할 수밖에 없는 저의 직업적 특성이 있었습니다. 그럼에도 불구하고 저의 우울증 고백을 단순하게 생각해 주지 않고 끝없는 격려를 해 주는 사람들. 때로는 깊게 아는 사람보다 저를 잘 알지 못하는 사람에게 하는 고백이 도움 된다는 것을 깨닫게 해 주는 계기가 되었습니다.

더불어, 저의 감정을 솔직하게 얘기했을 때 느꼈던 그 상쾌함과 뿌듯함. 사회적인 인식으로 인해 남들에게 쉬쉬하는 저의 우울증을 얘기 했을 때 느꼈던 그 쾌감. 그 순간만큼은 우울한 감정은 제게 접근도 못할 정도의 커다랗고 깨끗한 보호막이 제 주변을 가득 감싸는 기분이 들었습니다. 꽁꽁 숨기고 혼자 끙끙 앓는 것보다는 주변에 우울함을 알리고 때로는 도움을 요청하는 것이 좋다는 것까지 알게 되는 계기를 준 저의 우울증 고백.

걱정스러운 마음에 혹은 정말 도저히 안 될 거 같아 '어떻게든 되겠지'라는 생각을 하며 내뱉은 우울증 고백에, 동료는 마치 꽃 모양으로 아름답게 만드는 우리나라 전통 디저트 화전(花煎)과 같이 꽃으로 다가와 주었습니다. 자연스럽게 각양각색의 모양으로 곱게 우리를 반기는 화전이 떠오를 수밖에 없었죠. 저의 우울증을 고백함으로써 저는 아름다운 모양을 하고 있는 우리나라의 전통 디저트인 화전이 된 것 같았습니다.

그 덕분에 하나씩, 차근차근, 서툴고 느리지만 포기하지 않은 채 우울과 이별하고 있음을 느낄 수 있었습니다.

• 우울해지면 디저트를 맛보아요

## 9) 구겔호프 : 일단 대충이라도 시작하자

* **구겔호프(Gugelhupf)** : 17세기 스위스에서 처음 만들어 전 유럽으로 전파된 올록볼록한 원형 모양의 왕관을 떠올리게 하는 브리오슈 반죽을 틀에 넣어 구운 발효 과자. 결혼식이나 세례식을 축하하는 의미로 많이 사용된다.

어느 날 평범하게 인터넷을 하던 중 갑작스럽게 눈에 띄었던 문장이 하나 있었습니다. '오늘 대충이라도 하자'라는 문장이었죠. 게으른 완벽주의인 저에게는 아주 완벽하게 자극이 되고 힘을 주는 문장이었습니다. 저는 게으른 완벽주의라는 말 그대로 게으르지만 완벽하게 시작하지 않으면 혹은 결과가 완벽하지 않으면 스트레스를 받고 스스로의 분에 이기지 못하는 성격입니다. 그렇기에 완벽하게 하지 못할 거라면 애초에 시작도 하지 않죠. 그런 성격으로 인해 정말 할 수 있었음에도 시작을 하지 못해 마무리를 하지 못한 일들이 많습니다. 애매하게 마무리하지 못한 채로 남길 바에야 시작도 하지 않는다. 이런 이상한 지론을 강하게 가졌던 저이기에 저 말은 정말 충격적이었습니다. 신선하다고나 할까요.

*어떻게 대충 시작하지? 대체 어떻게? How?*

정말 그런 생각밖에 들지 않았습니다. 시작을 했으면 끝을 봐야지! 칼이라도 뽑았으면 무라도 썰어야 하지 않나! 그런 저의 마음가짐에 정반대의 말을 하는 저 문장. 오늘 대충이라도 하자. 그 말에 새삼스럽게 충격을 받으며 나름의 모토로 선정. 일단 해 보기 시작했습니다.

정말 말 그대로 '일단' 시작했습니다. 매우 단순한 것부터 시작했습니다. 일단 취미로 하던 글쓰기를 손댔죠. 가장 쉬운 것부터 시작하면 나중에는 어려운 걸 '일단' 시작할 수 있지 않을까라는 저의 생각의 바탕이었습니다. 예전부터 쓰고 싶었던 소재이자, 전체적인 틀은 있지만 세세한 부분들에 대해 전혀 구상하지 않았던 소재 하나. 그 소재를 집요하게 파고들겠다고 다짐했죠. 절대 본인에게 부담을 주지 않았습니다.

*그냥 할 수 있는 만큼만 해~ 오늘 못 하면 내일 대충이라도 하면 되지!*

이런 생각이 대부분이었죠. 저는 어떻게든 하겠다고 심각하게 마음을 먹으면 되지 않는 부분들에 대해 굉장히 스트레스를 받기 때문에 더더욱 마음을 편하게 먹으려고 애를 썼습니다.

하지만 처음부터 잘되나요. 가볍게 시작하려고 했던 그 마음은 결국 무거워지고, 두 어깨를 들지 못할 정도로 엄청난 짐이 되었습니다. 일단 대충이라도 하려고 했던 그 마음이, 이것만 더, 저것만 더, 조금만 더, 여기까지만…… 여러 가지 핑계를 대서 끝을 내려고 하는 제 모습이 보이는 겁니다. 저는 그 순간 그냥 딱 내려놓았습니다. 마치 영화나 드라마의 슬레이트를 치듯 스스로 박수를 한 번 짝! 정신을 차리라는 의미였죠. 대충 하려고 했지만 결국은 열심히 몰입을 하고 있었고, 잘 되면 다행이지만 안되면 또 한없이 깊은 우울이라는 우물을 파고 있겠죠. 그러면서 결국 나는 안되나 봐! 하고 좌절을 하게 되는 저의 미래가 보이기 시작했습니다. 그건, 절대 안 되죠. 우울을 이겨 내기 위해 일단 시작하는 거였는데 그 시작으로 인해 또 다른 우울감과 좌절이 한꺼번에 오는 것은 안 된다고 생각했습니다.

그래서 처음에는 어려웠지만 일단 미친 듯이 몰입을 하는 것 같다면 멈췄습니다. 오늘은 여기까지. 나머지는 내일 하자. 내일의 내가 알아서 해 주겠지. 이런 편안한 마음가짐을 먹으려고 애를 썼습니다. 무조건적으로, 모든 것을 다 미루려는 마음가짐이 아니라 어느 정도는 해 두고 어느 정도는 내일로 미루는 정도의 가벼운 미룸. 딱 그 정도를 유지하려고 했습니다.

그리고 다음 날이 되어 하기 싫어도 말 그대로 '일단' 시작했습니다. 글쓰기를 기준으로, 하기 싫어도 일단 노트북을 열었고, 자리에 앉았습니다. 노트북으로 결국 인터넷 쇼핑을 하고 딴짓을 하게 되더라도 노트북을 열었고 일단 하려고 했던 그 마음에 대해 스스로를 끊임없이 칭찬했습니다.

*와, 대단한데? 오늘은 앉았네? 그럼 내일은 노트북으로 글 쓰려는 파일이라도 열어 보자!*

이런 식으로 가벼운 목표를 하나씩, 하나씩 성취해 나가며 성취감을 얻으려는 노력을 해 보았습니다. 운동을 하면서 가벼운 성취감을 얻는 것에는 그래도 단련이 되어 있어 마냥 어렵진 않았습니다.

그렇게 며칠을 이어 가고, 그다음 며칠도 계속한 결과 어떤 일이 벌어졌을까요? 지금 쓰고 있는 이 책의 초안이 구성되었답니다. 애초에 글을 쓰는 제 습관은 이미 작성된 글을 몇 번이고 돌아보며 다시 고치고, 또 고치고, 고치고, 고치고…… 결국 완성은 못 하지만 같은 글을 몇 번이고 수정하게 된 글이 나와 버렸습니다. 그런 제가 초안을 구성하고 작성하면서 단 한 번도 앞에 작성했던 글을 보지 않았습니다. 어떤 내용을 썼을지 헷갈릴 때만 잠깐 내용을 확인하고, 그 외에는 보지 않았으며 수정도 거치지 않았습니다. 그만큼 하나씩 좋은 습관을 만들어 나가는 거죠.

그렇다면 제 감정은 어떻게 되었을까요? 생각 이상으로 우울한 감정이 많이 잦아든 느낌을 받았습니다. 제가 좋아하는 것을 하나씩, 천천히, 매일, 강박을 가지지 않고 집착하지 않을 정도로 하게 되니 묘하게 기분이 나아지는 것 같았습니다. 갑자기 기분이 좋아지고 들뜨는 느낌이 드는 건 아니었지만, 적어도 우울감에 온몸에 힘이 빠지고 축 늘어지는 감정은 사라지고 있었죠.

책을 쓰기 위해 여러 가지 디저트들을 공부하던 중, 구겔호프(Gugelhupf)라는 디저트를 알게 되었습니다. 이 디저트는 17세기 스위스에서 처음 만들어 전 유럽으로 전파된 올록볼록한 원형 모양의 왕관을 떠올리게 하는 브리오슈 반죽을 틀에 넣어 구운 발효 과자라고 합니다. 구겔호프는 베이킹을 처음 하는 사람이 도전하기에 굉장히 만들기 쉽고 어렵지 않은 베이킹 디저트 중 하나라고 해요. 그러니, 일단 시작만 하면 그 끝에 결과를 반드시 얻을 수 있는 어렵지 않은 디저트인 것이죠.

일단 대충이라도 시작하는 마음가짐으로 이것저것을 해 보니 그 디저트가 이 상황에 굉장히 잘 어울린다고 생각했어요. 저는 일단 대충 시작이라도 해 보니 서서히 무언가가 보이기 시작했고, 마냥 어둡기만 했던 제 앞에 한줄기 빛이 나오는 것 같았거든요. 구겔호프를 첫 베이킹 도전 디저트로 생각하는 사람들도 저의 이 마음과 같지 않을까요?

일단 대충이라도 시작해 보니, 희망이 보였습니다.
우울과 진정 이별을 할 수 있다는 그 사실에 말이에요.

## 10) 포춘 쿠키 : 우울해지면 우울노트를 띄우세요

*포춘 쿠키(Fortune Cookies) : 운세나 기타 말 등이 쓰인 종이 띠를 넣고 구운 와플 쿠키

개인적으로 책을 좋아하여 우울이 오기 전에 읽었던 책들이 다양한 편입니다. 자기 계발서나 에세이 위주로 읽어 책에 대한 편식을 하곤 하지만, 그런 편식했던 책 중에 떠오르는 내용이 하나 있었죠. 그건 바로 '나의 감정을 직접 글로 쓰기'였습니다.

화가 나거나, 혹은 우울하거나, 가라앉는 등과 같은 좋지 않은 감정과, 굉장히 흥분되고 들뜨고 기분 좋은 감정들까지 직접 글을 쓰게 되면 본인의 감정을 스스로 파악하여 잘못된 건 수정할 기회가 생기고, 잘하고 있는 건 스스로를 다독거려 자존감을 높일 수 있는 기회를 가질 수 있다는 내용의 글이었죠. 객관적인 입장이 되어 본인의 감정을 파악할 수 있게 만들어 주는 수단이 '글로 쓰기'였던 겁니다.

문득 그 책의 구절이 떠올라 우울한 감정이 들 때 쓸 수 있는 '우울노트'라는 걸 만든 적이 있었습니다. 만든 것은 본격적인 우울이 제게 찾아오기 전이었으나 직접 쓰게 된 건 약 1년이 지난 시점이었죠. 애초에 무언가를 쓰는 걸 좋아하지만, 우울한 감정 같은 걸 글로 남긴다는

것은 생소한 탓에 분명 우울하고 좋지 못한 감정을 느낀 적이 있었음에도 그 노트를 활용한 적이 없었습니다.

하지만, 우울이 서서히 제게 다가오고, 친구 하자며 손을 내민 이후 갑자기 떠오른 우울노트라는 존재에 무작정 펜을 들었습니다.

*우울한 이유를 모르겠다. 그런데 일단 씀.*

우울노트의 첫 장에 작성한 저의 첫 구절. 현실을 살아가다 문득 느껴지는 장애물에 현타를 느끼며 작성했던 그 한 줄. 그 외에도 낙서를 하면서 기분을 풀고 싶었는지 한 장 빽빽하게 작성되어 있는 그날의 우울한 감정들과 풀기 위한 노력들. 틈이 없을 거 같은 우울노트 첫 장의 오른쪽 제일 끝엔 작게 한 구절이 더 적혀 있었습니다.

*그래도 쓰고 나니 좀 나은 듯?*

물음표를 끝에 달아 놓은 의문에 가까운 구절이었으나, 이유 없는 우울로 시작한 우울노트 첫 장의 마무리는 그래도 그 우울이 사라진 감정을 느낀 것이었죠. 소소하게 노트 하나, 펜 하나를 들고 지금 느끼는 이 감정 그대로 글도 써 보고 그림도 그려 보고 괜히 이상한 낙서들을 하면서 '쓰고 나니 좀 나은' 감정을 느낄 수 있다니. 정말 지금 이 순간 느끼는 감정들을 이렇게 쓰게 되면 책에서 나왔던 말 그대로 나의 감정을 객관적으로 바라볼 수 있게 되고, 그 순간 느꼈던 걸 제3자의 입장에서 바라보며 좋지 않은 감정에서 벗어나게 해 줄 수 있는 능력이라도 있는 걸까요. 새삼스럽게 대단하다는 생각이 들면서 이렇게 단순한 방법으로도 우울과 이별할 수 있다는 것에 스스로 경외감을 느꼈습니다.

단순하지만 잠시나마 우울과 함께 하지 않아도 되는 방법. 그런 거라면 언제든 도전하고 시도해 보는 게 좋지 않을까요.

우울노트를 쓰고 난 뒤, 가끔 생각나서 읽게 된 적이 있었습니다. 의도적으로 읽었다기보다 눈에 띄어서 과거에 썼던 걸 읽게 되었죠. 우울의 이유는 다양하기 때문에 어떤 이유로 우울했는지 궁금했을지도 모릅니다. 그렇게 펼쳐 본 우울노트의 내용들을 읽어 보며 새삼스럽게 '포춘 쿠키(Fortune Cookies)'가 떠오르지 뭐예요. 과자 안에 운세나 행운의 말 등을 적어 놓은 디저트의 일종인 포춘 쿠키. 그 안에는 다양한 좋은 말들이 들어 있기도 해서 그 하루의 시작을 상쾌하게 맞이할 수 있게 도와주기도 합니다.

저에게 우울노트를 읽어 보는 시간들이 그런 느낌을 주었습니다. 제가 적은 것들이 마치 포춘 쿠키 속의 작은 메시지와 같았으니까요. 그 작은 메시지로 사람들이 힘을 낸다면, 저는 우울노트를 작성하고 그 내용을 읽으면서 힘을 낼 수 있었습니다.

우울노트를 시작한 지 꽤 지난 시간. 우울노트의 첫 장 이후에도 몇 장이 작성되어 있습니다. 그때 당시의 감정이 우울하고 좋지 않아서 작성한 노트였지만, 항상 그 끝에는 작고 소박한 글씨로 그 한 장을 마무리했습니다.

근데 쓰고 나니 좀 나은 거 같기도.
그래도 오늘의 우울은 떨쳐 냈다.

# 11) 크렘 당쥬 : 좋은 말 모음.ZIP

* 크렘 당쥬(Crème dangju) : 크렘은 크림을 뜻하고 프랑스 지방인 앙쥬라는 곳에서 처음 만들어졌으며 천사의 크림이라 불리는 프랑스 디저트. 이름 그대로 부드럽고 새하얀 크림이 특징이다.

저의 휴대폰 속에는 절대 잃어버려선 안 되는 소중한 사진 폴더가 하나 있습니다. 스마트폰이 상용화된 이후로부터 하나씩, 천천히 모아 두었던 사진이 모여 있는 폴더인데, 그 폴더의 이름은 '좋은 말 모음'입니다.

처음 모으기 시작했을 때부터 지었던 이름이라 바꾸고 싶지 않아 몇 년을 그렇게 좋은 말 모음이라는 폴더로 사진들이 차곡차곡 저장이 되어 있었죠. 특정 장면을 캡처하여 저장된 사진도 있고, 무조건 마음에 들어 화면을 꾹 눌러 담아놓은 사진도 있습니다. 그 사진의 대부분 내용은 말 그대로 '좋은 말'이죠. 대게 희망을 주는 말이나 우울할 때 보면 그 우울감을 잠시나마 잊게 해 주는 내용이 담긴 사진입니다. 예를 들면 '이 우울한 감정 때문에 행복했던 순간들을 부정하지 말았으면 좋겠어'라거나 '너무 깊이 생각하지 말자' 등의 말들. 제가 읽었을 때 감동을 받았거나 깨달음을 얻었거나 배워야 하는 자세가 담겨 있다면 무조건 저장을 하고 그 폴더에 밀어 넣어 두었답니다.

• 우울해지면 디저트를 맛보아요

그렇게 모아 두니 어느새 400장 가까이 되는 사진이 폴더에 쌓였습니다. 무엇 하나 버릴 것이 없는 좋은 말들이 담긴 폴더.

저는 주로 이 폴더를 흔히 말하는 현타가 왔을 때나, 우울함이 갑자기 와서 어떻게 해야 할지 모를 때 열어 봅니다. 휴대폰은 항상 저의 곁에 있고, 떼려야 뗄 수 없는 사이이기 때문에 급격하게 추락하는 기분을 구할 수 있는 긴급 처방전이 바로 이 '좋은 말 모음' 폴더죠.

방법은 굉장히 단순합니다.

*우울해지는 거 같다. → 휴대폰을 꺼낸다. → 갤러리를 켠다. → 좋은 말 모음 폴더를 연다. → 안에 있는 사진들을 정독한다.*

이 다섯 가지의 방법을 순서대로 하는 겁니다. 모으는 것에 꽤 시간이 걸렸지만, 그걸 모으게 되면 생각보다 많은 도움을 줍니다. 모여 있는 것을 단순하게 읽기만 하면 되는 거죠. 아무 생각 없이 사진 속의 글을 읽는 겁니다. 그 사진에는 짧은 한 줄의 글도 있고, 몇 줄이 더 적힌 긴 글과 같이 다양하게 있어 다양한 감정을 느끼게 해 줍니다. 지금의 이 우울한 모습을 그대로 받아들이고 기분을 풀 수 있게 하는 글도 있고, 정신을 차리지 못하는 저를 우울이라는 감옥 속에서 꺼내 주기도 합니다. 때로는 모든 것을 다 포기하고 싶을 때 다시 새로운 시작을 하도록 만들어 주고, 가끔은 좋았던 기분을 더욱 좋게 만들어 주기도 합니다. 단순하게 모인 글을 읽는 것만으로도 아주 많은 것을 얻을 수 있는 폴더.

　그 좋은 말들은 인터넷을 하거나 SNS를 하거나, 혹은 친구와 동료들의 프로필 사진들을 볼 때마다 가슴에 와닿는 내용이 있다면 일단 저장을 하거나 캡처를 하는 것으로 시작했습니다. 아주 짧은 순간이라도 좋은 감정을 느꼈거나 깨달음을 얻었다면 바로 저장을 했고, 그것을 한꺼번에 모아 두었더니 가끔 우울할 때 생각이 났었죠. 그래서 무작정 읽으면서 시작했던 것이 지금은 꽤 오랜 시간 저의 우울감을 없애 주는 것에 도움을 주었습니다. 단순히 읽기만 하면서 우울한 감정이 완벽하게 사라지진 않지만, 적어도 갑작스럽게 찾아온 좋지 못한 것들을 빠르게 빼내 주는 구급상자와 같은 역할은 가능합니다.

　우울한 저를 달래 주며 마음을 편안하게 만들어 주는 저의 좋은 말 모음 폴더. 마치 천사의 크림이라 불릴 정도로 부드럽고 깨끗한 크림이 특징인 '크렘 당쥬(Crème dangju)'라는 디저트와 같았습니다. 깨끗하고 새하얀 크림이 흘러내리는 크렘 당쥬라는 디저트를 보면서, 제 마음까지도 깨끗하게 씻겨 내려가는 것만 같은 느낌. 힘들었던 기억도 깨끗하게 씻어 주는 것 같았습니다.
　짧지만 강렬한 글의 힘.
　함께 느낄 수 있으면 좋겠습니다.

## 12) 퐁당 쇼콜라 : 하루에 한 번씩 꼭 따뜻한 물에 샤워하기

* 퐁당 쇼콜라(fondant au chocolat) : 퐁당(fondant)이란 프랑스어로 '녹아 내린다(melt)'라는 의미이고, 쇼콜라(chocolat)는 초콜릿을 뜻한다. 말 그대로 초콜릿이 녹아서 흘러내리는 케이크

우울해지기 시작할 때쯤, 유분기가 많은 몸이라 매일 샤워를 하지 않으면 안 됨에도 불구하고 샤워가 하기 싫어지고 아무것도 하기 싫어지기 시작했다는 이야기를 앞에서 언급한 적이 있습니다. 그만큼 저는 아무런 약속이 없고 일이 없어도 아침에 일어나 꼭 샤워를 하곤 했죠. 때로는 고단한 하루가 끝나고 그 모든 것을 내려놓고 싶은 마음에 퇴근 후에 샤워를 하기도 합니다. 아침이든 낮이든 밤이든, 하루에 한 번은 꼭 샤워를 해야만 하고 했던 사람, 그게 바로 접니다.

하지만 우울해지기 시작하면서 그런 것마저 하기 싫었고 힘들어졌고 그렇게 우울한 감정이 더욱 심화되었죠. 그러다 우울을 이겨 내기 위해 다양한 시도를 하고 또 그것이 성공적으로 이루어질 때쯤, 깨달은 것이 있었습니다.

'샤워할 때만큼은 아무런 생각을 하지 않고 가만히 따뜻한 물을 맞고

있으면 기분이 좋아진다는 것'을 말이죠.

  우울해졌을 때 샤워하고 뭐고 아무것도 하지 않으면 오히려 다 귀찮아지고 더욱 나태해지기도 하면서 자연스럽게 사람이 가라앉게 됩니다. 그러니 침대에서 움직이지 않으려고 하고, 이어지는 생각도 좋지 못한 쪽으로 빠지곤 하죠.

  그럴 때마다 혹은 그럴 것 같을 때 저는 일단 무작정 샤워실로 들어갔습니다. 차라리 물이라도 맞으면서 이 모든 잡생각을 씻어 내리고 싶다는 생각이 들었기 때문입니다. 실제로 그 좋지 못한 생각들이 물에 씻겨 내려가는 것도 아닌데 말이에요.

  그러나, 그 효과는 실로 놀라웠습니다. 무작정 들어간 샤워실에 적절한 온도의 물을 틀어 놓고 얼굴도, 머리도, 몸도, 곳곳에 물을 맞을 때에는 아무런 생각이 들지 않았던 거죠. 제가 느끼는 감정, 느꼈던 감정, 복잡해져 오던 생각, 가라앉기만 하는 좋지 못한 생각들까지. 말 그대로 멍 때리며 물을 맞고만 있게 되는 겁니다. 머리를 감거나 몸을 씻으려는 생각도 하지 않았습니다. 그저 물을 맞고만 있어야겠다는 생각을 해서 샤워실로 들어간 것이었는데, 그것이 정말로 잡생각을 없애 주는 역할을 하다니! 마치 초콜릿이 녹아서 흘러내리는 케이크를 뜻하는 '퐁당 쇼콜라(fondant au chocolat)'라는 디저트마냥 따뜻한 물에 퐁당 빠져서 다른 생각을 하지 않게 만들어 주는 겁니다. 초콜릿에 잔뜩 녹아 부드러운 맛을 내는 퐁당 쇼콜라와 같은 초콜릿 케이크가 되는 느낌.

쓸데없는 생각들이 사라지고 나니 그제야 손과 몸이 움직이기 시작했습니다. 샴푸에 손을 대고 바디워시로 몸을 향기롭게 하기도 하며 무기력한 제가 다른 행동을 하는 거죠.

그렇게 몸을 다 씻고 나오면 왠지 모르게 뿌듯한 기분이 듭니다. 몸도 뽀송뽀송해진 덕에 만족스럽기도 하고요. 그러면 아까 우울했던 기분도 어느 정도 전환이 되죠. 몸을 움직인 것도 대단한 것이고, 무언가를 했다는 것도 대단하며, 기분까지 좋은 쪽으로 바뀌었다는 건 더 대단한 거죠. 고작 샤워 하나로 꽤 많은 것을 얻을 수 있는 겁니다.

뿐만 아니라 샤워를 하면서 잡생각이 없어지기도 하고 때로는 어떤 좋은 영감이 떠오르기도 합니다. 대게 예술을 하는 사람들의 말을 들어 보면 샤워를 할 때 영감이 떠오르기도 한다는 말을 언제 한 번 들은 적이 있습니다. 그때는 그저 인터뷰용 대답이라고 생각했지만, 막상 샤워를 하게 되면 기분 전환도 되고 힐링도 되면서, 좋은 영감들이 떠오르기 시작합니다. 이 글의 콘셉트도 샤워를 하면서 정했다고 해도 과언이 아닐 정도로 정말 갑작스럽게, 문득 떠오르게 되는 좋은 영감.

샤워를 마치자마자 느끼는 그 묘하게 들뜨는 느낌과 더불어 순간적으로 떠오르는 좋은 아이디어까지. 일석이조의 효과를 누릴 수 있는 이 샤워의 효과는 감히 추천하고 싶습니다.

꼭 하루에 한 번은 샤워하기. 본인에게 적절한 온도로 샤워하기. 그리고 놀랍게 좋은 쪽으로 변한 본인의 감정으로 하고 싶었던 것을 하며 또 다른 좋은 기분이 되기.

오늘도 좋은 기분을 만끽하기 위해 샤워실로 향하는 발걸음을 내딛습니다.

• 우울해지면 디저트를 맛보아요

**3**

# 초월 편

어? 이게 되네?

## 1) 견과류 쿠키 : 소소하게 채워지는 한 줄, 든든하게 채워지는 마음

\* 견과류 쿠키(Nuts Cookies) : 바삭한 식감이 매력적인 쿠키로, 아몬드, 개암, 크랜베리, 코코넛 등 여러 가지 견과류를 첨가하여 맛을 낸 쿠키

처음 우울이라는 감정이 느껴졌을 당시에 제가 들었던 생각 중 하나는 바로 '지금 나의 삶이 너무 만족스럽지 못해서 우울한가?'였습니다. 현재 직장이 마음에 안 들 수도 있고, 현재 살아가는 것들이 만족스럽지 못할 수도 있고, 현재 인간관계에 회의를 느낄 수도 있고. 여러 가지의 상황들이 종합적으로 어우러져 저를 우울하게 만든 것은 아닐까. 그걸 스스로 조절할 수도 없고 바꿀 수 없기 때문에, 그리고 그걸 알기에 우울해진 건 아닐까. 이런 생각들을 많이 하게 되었습니다. 그래서 저는 당시 자기소개서를 작성해 보기도 하고 퇴사를 해야 하나 이직을 해야 하나 등의 생각을 하며 인간관계에 대해서도 열심히 해 보려고 했지만 잘되지 않았고 지금 무엇을 위해 살아가는지를 생각해도 해답이 나오지 않아 답답했습니다.

그 시도 중에서 자기소개서를 작성하다가 현실 자각을 제대로 하게 되었던 것이 있었는데, 그건 바로 자기소개서에 작성할 자격증이나 다른 활동들이 하나도 없다는 겁니다.

물론, 학교를 다닐 때에 동아리 활동도 하고 학생회 활동을 하고 봉사를 하는 등 최대한 다양하고 많은 것들을 했습니다. 취업을 하기 위해서 다른 사람들이 하는 만큼은 해야 한다고 생각했고, 다양한 활동을 해야지만 자기소개서에 쓸 내용이 많아진다는 누군가의 말을 듣고 나름 열심히 살았다고 생각했죠.

그렇게 원하는 곳이든 아니든 취업을 했고 지금까지 다니고 있으니 나쁘지 않다고 생각했음에도 오게 된 우울과 함께 하는 시간. 그렇기에 지금 이대로 가는 것은 스스로를 우울이라는 바다에 빠트린 채로 살아 나오려 노력하지 않겠다고 생각했습니다. 그러니 변화를 위해 다른 것들을 하려고 했지만 안 되었죠. 그렇게 그대로 우울과 평생을 함께 하기로 이야기가 된 듯했습니다.


그러나 운동을 하고, 좋아하는 것들을 해 가며 스스로를 조절하고 우울과 이별 준비를 하는 동안 작고 사소하지만 변화를 이루고 있었죠. 제 몸의 전부가, 제 감정의 전부가 우울이었던 것에 반해 작은 변화를 느낀 후에는 점차 우울의 비율이 줄어들고 있었습니다. 아주 약소하고 미약하지만 적어도 변화하지 않는 상태로 멈춰 있진 않았죠.

그중 하나의 증거이자 자신 있게 내세울 수 있는 부분은 바로 '자격증 취득'이었습니다. 우리나라에는 생각 이상으로 다양한 자격증이 많이 있고, 그중에서도 조금만 노력하면 취득할 수 있는 것들도 많습니다. 다만 관심이 없고 속해 있는 분야와 관련 없다는 이유로 외면하곤 했죠. 혹은 시간이 없거나 몸이 아프다는 핑계를 댈 때도 많았습니다.

1) 견과류 쿠키 : 소소하게 채워지는 한 줄, 든든하게 채워지는 마음 ·

저 역시도 핑계를 대는 쪽에 속했지만, 우울과 이별을 하기 위한 첫 계단으로 자격증 취득을 시작할 수 있었습니다. 핑계는 말 그대로 '핑계'일 뿐, 그 핑계를 대지 않으면 할 수 있다는 생각이 가득했죠.

　자격증이라고 해서 너무 어렵게 생각하지 않았습니다. 단순하게 저의 분야와 관련 없는 것이라도 일단 여러 가지를 찾아보고 검색해 보며 목록을 작성했습니다. 그렇게 제가 처음 시작한 자격증은 '한국사 능력검정시험'이었습니다. 한국사는 우리의 기본이기도 했고, 어렵지 않게 시작할 수 있는 분야라고 생각했기에 쉽게 접근할 수 있었습니다. 어렸을 때부터 배워 왔던 분야이기에 다시 공부하다 보면 떠오른다는 자신감도 있었죠.

　만만하게 봤던 건 아니었지만, 사실상 한국사는 제게 굉장히 어려운 분야입니다. 원래도 역사를 좋아하지 않고 암기력이 좋지 않아 기피하던 과목이었기에 마냥 쉽지 않았고, 아무리 읽어도 어렸을 때 배웠던 것들이 떠오르지 않아 어려움을 겪었습니다. 하지만 절대로 '포기'는 하지 않았습니다. 희망 편에서 얘기했듯, 일단 대충이라도 시작했죠. 어려웠지만 아는 부분들도 있었고, 기출을 최대한 풀어 가며 공부를 했습니다. 일을 병행해야 했기 때문에 스스로에게 스트레스를 주지 않는 만큼만 했습니다. 할 수 있는 만큼만 하며, 때로는 부담 주지 않게 공부를 하지 않고 휴식을 취하기도 했습니다. 만약 당장 앞에 보이는 시험 날에 보지 못하는 사정이 생긴다면 아랑곳하지 않고 취소하고 다음 시험을 기약했습니다. 스트레스 받지 않고, 강박 생기지 않고 집착하지 않을 정도로만 공부하고 노력했던 거죠.

그랬더니 늦지만 자연스럽게 합격이라는 이름이 따라오는 게 아니겠습니까? 원하던 점수도 높게 생각하지 않고, 그 점수가 되지 않았다고 한들 스스로를 다그치거나 무어라 하지 않았습니다. 일을 병행하면서 무언가 해냈다는 '성취감'을 계속 느끼며 스스로를 자랑스럽게 생각했죠. 최대한 마음을 편안하게 가진 채로 천천히, 하나씩 이뤄 나가는 것을 목표로 잡았습니다.

그렇게 여러 번을 시도하고 또 실패하면서도 포기하지 않고 달리니 어느 순간 자기소개서에 작성할 수 있는 자격증이 여러 가지로 늘어 있었죠. 자기소개서에서는 단순하고 소소한 한 줄이었지만, 제 마음은 든든해지고 있었습니다. 남들보다 뛰어나다는 것도 아니고, 남들을 뛰어넘겠다는 것도 아니었습니다. 단순히, 스스로의 만족을 위한, 스스로의 성취감을 위한 시도. 소소하게 채워지는 한 줄에 든든해지고 있는 제 마음에 너무나도 행복했죠.

한 번 시도하고 성공하고 시작하니 두 번은 쉬웠고, 세 번은 어렵지 않았으며, 네 번은 욕심이 났습니다. 현재 제가 일하고 있는 의료 분야와 관련된 자격증에 도전하게 되고, 이 분야가 아닌 다른 분야에 대한 도전도 이제는 두렵지 않았습니다.

*일단 해 볼까? 안되면 뭐 어때!*

이런 생각이 저를 주도적이고 목표를 향해 달려 나가는 멋진 사람으로 만들어 주고 있었죠! 과거의 제가 안될 거라 생각했던 것들을 하나씩 이뤄 가며 느껴지는 이 성취감에 용기가 생기고 자신감이 붙고 앞으로 나아갈 힘이 생겼습니다.

바삭바삭한 쿠키들은 종류가 다양하고 들어가는 재료도 다양한데, 어떤 재료를 쓰느냐에 따라 맛이 달라지는 것은 물론이고, 적절하게 많은 재료가 들어가면 그 맛이 더해집니다. 저의 소소한 한 줄이 쿠키의 맛을 더해 주는 갖가지 재료가 아닐까 싶습니다. 특히나 식감이 매력적인 다양한 견과류들이 가득한 견과류 쿠키(Nuts Cookies)같이 말이죠.

그러는 사이 우울이라는 친구는 제 손을 놓았고, 한참 뒤에 서 있었죠. 그림자보다도 멀어지고 있는 우울에 기분이 덩달아 들떴습니다.

## 2) 바움쿠헨 : 바디프로필이라는 걸 찍어 봤다

* 바움쿠헨(Baumkuchen) : 직역하면 Baum(나무)+Kuchen(장식을 사용하지 않는 케이크), 즉 나무 케이크. 넓적한 원통 모양에 나이테 같은 무늬가 있어 나무 그루터기 또는 나무를 가로로 잘라 놓은 것처럼 생긴 프랑스 디저트. 서민적인 음식이나, 만드는 과정은 상당히 어렵다.

대부분의 사람들이 어려워하는 것 중 하나는 바로 '체중 감량'입니다. 세상은 넓고 먹고 싶은 건 많으며, 움직이는 건 싫고 지금 당장 침대와 한 몸인 이 순간이 행복한 사람들. 저 역시도 그 사람들 중 한 명이죠. 움직이는 것도 싫고, 운동하는 방법도 모르는데 지금 가만히 누워 있는 이 모습이 너무나도 만족스러워 더 이상의 움직임을 생략하는 사람. 하지만 이 행위의 단점은 먹고 자는 것 외엔 하지 않는다는 겁니다. 쉬는 날이면 아침에 일어나서 아침을 먹고, 다시 누웠다가 점심을 먹고, 또 눕고 저녁을 먹고 잠을 자는 것까지. 정말 무엇 하나 하지 않고 먹고 자는 것을 반복하기 바쁩니다. 그래 놓고 스스로 하루를 바쁘게 살았다고 생각하곤 했죠. 먹는 건 많이 먹지만 움직이는 것은 없어 살이 찌는 건 당연하거니와, 자연스럽게 운동과는 멀어지고 건강과는 생이별을 할 지경에 이르는 것 같았습니다. 그렇게 가만히 있으면서 아무것도 하지 않으면 스스로에 대한 죄책감과 자괴감이 들기는 합니다. 다만, 일어나서 무언가를 하려는 의지는 나지 않으니 우울한 감정도 생겨나고 좋았던 기분도 가라앉기 마련입니다.

제가 그랬습니다. 안 그래도 우울이라는 친구가 찾아왔는데 늘 같은 행동을 하며 변화를 하지 않으려고 하고, 오히려 그 변화를 두려워하니 자연스럽게 더 우울해지곤 했습니다. 하지만 이겨 낼 방법도 몰랐고 이겨 낼 의지가 없으니 그대로 방치하기에 이르렀죠. 그로 인해 앞서 여러 이야기를 들었다시피, 최대한 이겨 내려고 했으나 잘되지 않자 오히려 더 큰 자괴감이 느껴졌습니다. 역시 저는 우울과는 평생을 함께 살아야 하는 거구나. 더 이상은 이겨 낼 수 없다는 생각이 들 무렵 저에게 다가온 목표 하나가 있었으니. 그것은 바로 '바디프로필'입니다.

바디프로필이라 하면, 본인이 가장 자신 있는 몸과 얼굴을 만들어 사진으로 남겨 놓는 것을 뜻하며, 주로 적당한 근육과 적당한 살이 있는 건강한 모습을 만드는 것입니다. 그걸 위해 식단을 하고 운동을 하며 스스로를 가꾸는 등의 자기 관리를 한 장의 사진으로 보여 주는 것이죠. 정신을 차리고 보니 315만 원을 끊었던 헬스장에서 먼저 제게 이야기를 해 주었던 것입니다. 보통 운동을 하면서 건강한 정신과 건강한 신체를 만들게 되면 기념을 하거나 스스로에 대한 보상으로 '바디프로필'이라는 사진을 찍곤 하는데, 그것을 해 보는 게 어떻냐고 했죠.

처음에 저는 그 이야기를 듣는 순간 정말 황당하다고 생각했습니다.

*대체 나의 뭐를 보고 저런 얘기를 하는 거지…? 바디프로필? 내 몸 사진을 왜 찍는 건데?*

너무나도 당황스럽고 황당했죠. 운동을 시작한 지 얼마 되지 않은 저에게 운동을 잘할 수 있도록 목표를 하나 심어 주는 것 같았지만, 말 그대로 그것은 본인의 의지이며, 내키지 않으면 몸이 아무리 좋아진다 한들, 찍고 싶지 않을 텐데 말이에요. 강요하는 것이 아니었고, 그런 것이 있다고 설명을 해 주었던 터라 저도 굉장히 가볍게 생각했습니다.

하지만, 조금씩 운동을 하고 습관을 가지면서 제 스스로 변화되는 모습을 보니 어쩐지 욕심이 나는 것 같았습니다. 하루아침에 모든 살이 다 빠지고 갑작스럽게 아름다워지는 것은 절대 아닙니다. 다만, 거울을 볼 때마다 피부가 좋아지는 거 같고, 혈액 순환이 잘되는 것 같았고, 몸이 가벼워지는 걸 느낌과 동시에 이전에 입었던 옷들이 점점 커지기 시작한 것입니다.

*어라, 이게 되네?*

거울을 바라보고, 혹은 이전에 입었던 옷이 커졌음을 느낄 때면 스스로가 더디지만 조금씩 변화하고 있음을 확신하게 되었습니다. 그 순간 문득 '바디프로필'이라는 단어가 떠올랐죠. 자신의 노력을 기록하기 위한 일종의 사진이라는 것. 그때부터 욕심이 났습니다. 몸이 좋아지고 건강해지면서 마음과 정신도 건강해지니 자연스럽게 미래를 향한 목표가 생기게 된 겁니다.

그러나 일을 하면서 운동과 식단을 병행하는 것은 마냥 쉽진 않았습니다. 일은 일대로 해야 하는데 식사는 평소보다 적절하게 조절해 가면서 섭취해야만 했고, 운동을 하루에 정해진 만큼 이상을 해야만 눈에 띄는 변화가 있었기에 더욱 그랬죠. 게으른 마음이 조금이라도 찾아오면 금방 마음이 허해진다는 걸 스스로가 알기에, 최대한 마음을 다 잡았습니다. 강박이 생기거나 집착을 한다기보다는, 전체적으로 오늘 하루를 계획하고 그 계획 안에 운동을 자연스럽게 포함시켰습니다.

일이 끝나면 커피를 가볍게 한잔 마시며 집에 들어가지 않고 곧바로 헬스장으로 향합니다. 일단 집에 가게 되면 나오기가 쉽지 않아 출근 전 운동할 수 있는 옷과 도구들을 다 챙겨 가는 것을 우선적으로 했죠. 그리고 도착하게 되면 다들 열심히 노력하는 분위기가 형성되어 있기에 저도 안 할 수가 없습니다. 다른 사람들만큼은 못 하더라도 이왕 왔으니 조금이라도 하고 가자는 생각을 매일매일 하며 조금씩, 느리지만 포기하지 않으니 어느 순간은 원하는 몸무게가 되기도 했고, 그보다 더 감량을 했지만 근육은 늘어나는 전형적인 건강한 몸이 되어 가고 있었던 겁니다!

운동을 하기 전, 저는 키도 작고 뚱뚱했습니다. 어렸을 때 코끼리 다리라고 놀림당했을 정도로 하체 비만이 심했고, 튼 살도 많이 있어 그에 대한 콤플렉스가 굉장히 심하던 아이였죠. 그런 체형을 성인이 되어 그대로 가지고 가는 것은 당연했습니다. 운동이나 식단에 대한 습관이 잡혀 있지 않았기 때문이죠.

그러나 급하지 않게 천천히. 강박을 가지지 않고 운동과 식단을 병행하니 저는 어느 순간 16kg가 빠져 있었고, 체지방은 감량, 근육은 증

량하여 적당하게 마르지만 탄탄한 몸을 완성시킬 수 있었습니다! 바디프로필이라는 한 가지 목표를 잡고 그에 맞게 꾸준히 운동을 하고 목표를 정하고 하나씩 이루어 나가니 바디프로필 촬영 날도 다가오고, 촬영 준비를 위한 것들이 즐거웠습니다. 누군가는 바디프로필이라 하면 무조건 적게 먹고 운동 많이 하여 해골같이 마른 몸을 남기는 것이라 하지만, 또 다른 누군가는 먹고 싶은 건 먹고, 운동을 해서 적당한 근육과 적당한 체지방을 유지한 모습을 남기는 것이라고 합니다.

저는 당연하게도 후자라고 생각했습니다. 먹고 싶은 걸 강제로 참아가며, 운동에 대한 강박에 집착을 하면서 스트레스 받으며 일도 하고 운동도 하고 식단도 병행하는 그런 최악의 삼박자는 오히려 몸을 병들게 만든다고 생각했기 때문이죠. 적절한 시기에 맞춰 먹고 싶은 걸 먹고, 적당하게 식단을 하기도 하면서 운동을 하니 건강한 몸과 건강한 정신을 가지는 것은 너무나도 당연했습니다. 몸이 가벼워진다는 말은 이럴 때 쓴다고 느낄 정도로요.


그렇게 대망의 촬영 날. 기분 좋게 촬영을 했던 기억이 아직도 생생합니다. 사진을 촬영해 주는 작가님과 보조를 서 주는 스태프분들도 기분 좋게 웃으며 촬영을 했는데 시간이 가는 줄도 모르고 즐겁게 촬영했습니다. 저 역시도 몸에 자신이 있었고, 그 잘 나온 몸을 예쁘게 찍을 수 있는 사진작가님의 자신감이 어우러지니 완벽하고 만족스러운 사진이 나올 수 있었습니다. 처음의 우울했던 제 모습은 어디로 갔는지 알 수 없을 정도로 환하고 예쁘게 웃고 있는 사진 속 저를 볼 때면 절로 기분이 좋아지는 느낌이 듭니다. 당시에 즐겁고 행복하게 촬영을 했던 기억도 나고, 이 사진을 위해 준비했던 과정도 스스로 뿌듯하게 느껴지며 제가 굉장히 대단한 사람으로 느껴지죠. 그러니 자연스럽게 어깨는 올라가고 자신감은 상승되며 자존감마저 올라가게 됩니다.

바디프로필 촬영이 끝난 뒤 맛난 걸 먹기 위해 준비하는 과정에서 '바움쿠헨(Baumkuchen)'이라는 디저트를 알게 되었습니다. 완벽한 균형을 이루는 나이테가 그려진 원통형의 디저트. 모양이 반듯하고 단단하게 생긴 것을 보며 그 유래가 궁금해 찾아보니, 굉장히 서민적인 프랑스 디저트이나 만드는 방법은 굉장히 까다롭다고 합니다. 바움쿠헨을 알고서 촬영 후 집에 가기 전 바움쿠헨을 구매하며 문득 생각했습니다. 만드는 과정은 힘들고 까다롭지만, 완성된 디저트는 누가 봐도 감탄할 정도로 먹음직스럽고 대단한 디저트라는 것을요. 바움쿠헨과 제가 같다고 생각했습니다. 힘들고 까다롭지만 결국 해냈다는 점에서 말이에요!

*나도 한다면 할 수 있는 사람이구나! 정말 대단해!*

남아 있는 그 사진을 바라보며, 언제든 스스로에게 자신감을 불어넣고 자랑스러워할 수 있는 기회를 주었던 '바디프로필' 촬영. 스스로에게 너무 높은 잣대를 들이밀기보다, 적당한 목표를 잡아 스스로 만족스러운 사진을 남긴다면 더욱더 건강한 삶을 살 수 있지 않을까요?

• 우울해지면 디저트를 맛보아요

처음 느껴 보았던 자신감, 만족스러움.

이는 우울이라는 감정이 자라날 수 있는 자리를 만들 수조차 없게 만들어 주었던 값진 경험이었습니다.

### 3) 브라우니 : 순환 근무자에게 규칙적인 좋은 습관이란

\* 브라우니(Brownie) : 직육면체 모양의 짙은 갈색 디저트로 촘촘하지도 않
고 가볍지도 않지만 이 둘 사이에서 완벽한 균형을 이끌어 내는 부드러운 식
감과 풍부한 초콜릿 향이 특징인 디저트

저는 한 달마다 근무가 바뀌며 새벽 근무, 오후 근무, 밤 근무의 세 가지 유형으로 돌아가는 3교대 근무자입니다. 의료 쪽에 종사하고 있어 순환 근무는 필수이자 당연한 일이죠. 그렇기 때문에 한 달의 근무에 따라 저의 모든 활동들이 달라집니다. 같은 근무로 순환이 되는 것이 아닌, 한 달마다 다양한 모습으로 바뀌는 근무 표로 인해 더더욱 적응하기가 어렵죠. 그래서 이러한 순환 근무를 하는 이들이 겪는 어려움이 많습니다. 심적으로도 체력적으로도 적응하는 것도 어렵고, 그 시간을 활용하는 것은 더더욱 어렵습니다.

처음의 저에게도 순환 근무에 적응하는 것은 매우 도전적인 일이었습니다. 근무하는 시간도 달라지는데 그에 따른 업무도 달라지고 업무량도 달라지니 적응하는 것이 매우 힘들었죠. 그래서 그냥 몸이 시키는 대로 했었습니다. 새벽 근무를 하고 나서 일찍 집에 오게 되면 지친 마음에 그냥 잠을 잤고, 다시 일어나 밥을 먹고 또 내일의 새벽 근

무를 위해 또 잤습니다. 오후 근무는 아침에 일찍 일어나지 않아도 된다는 안도감에 전날 항상 늦게 자게 되었습니다. 새벽 늦게 잠이 들어도 아침 일찍 일어나지 않아도 된다는 점에 잠이 오지 않고 이상하게 그 시간이 아깝다고 느꼈기 때문입니다. 밤 근무는 더했습니다. 낮에 내내 자고 밤에 활동을 하고 일을 해야만 했기 때문에 처음 밤 근무를 들어가고 지속적으로 밤 근무를 하게 되면 수면 패턴이 완벽하게 바뀌어 버리는 상황이 되었죠. 그래서 밤 근무를 하고 난 다음에 쉬는 날이 주어져도, 자연스럽게 낮에는 잠이 오고 밤에는 활동하게 되었습니다. 결국 다음 날 새벽 근무를 해야만 했지만 패턴이 바뀐 탓에 밤을 꼬박 새우고 출근하는 경우도 있었죠.

일에도 적응해야 하고, 근무 패턴에도 적응을 해야 하는 터라 근무 외의 시간에, 혹은 쉬는 날에도 저만의 시간을 가지는 것은 어려운 일이라고 생각했습니다. 일단 사람이 잠을 자야 활동을 할 수 있었고 힘을 낼 수 있다는 생각에 잠을 자는 것만 매번 집중했기에 더더욱 그럴 수밖에 없었죠. 그래서인지 퇴근을 하고 난 뒤 아무것도 하지 않은 채 먹고 잠만 자는 저의 모습에 꽤나 많이 실망을 하고 우울했습니다. 남들은 일하는 틈틈이 시간을 내서 자기 계발도 하고, 배우고 싶은 것도 배운다는데 왜 저는 잠만 자고 먹기만 하는 건지. 그렇게 얻은 것은 피곤하지만 피곤하지 않은 역설적인 몸과, 먹기만 한 탓에 튀어나온 뱃살뿐이었습니다. 그러니 자연스럽게 스스로에 대한 자괴감은 물론, 기분이 처지면서 무기력감과 동시에 우울이 자연스럽게 왔었죠.

하지만, 우울을 이겨 내기 위해 다양한 방법을 시도하고 이것저것 도전을 해 본 뒤의 저는 아주 많이 달라져 있었습니다. 순환 근무에 따라 변하는 몸과 저의 활동들을 기록하며 틈이 나는 시간들을 찾아 그 시간을 활용할 수 있는 능력이 생겼기 때문이죠. 심지어는 그것을 습관화하는 것까지 성공했습니다!

새벽 근무일 경우 새벽 일찍 출근하여 15시경 퇴근하는 근무의 형태로 일반적인 상근직과는 달리 저녁 식사 전의 시간이 존재합니다. 출근 시간과 준비하는 시간까지 합하여 일찍 일어나야 된다는 점에서 몸이 많이 피곤하지만, 저녁 먹기 전의 시간을 활용하여 자기 계발이 충분히 가능했죠. 저는 그 시간을 활용했습니다. 가장 먼저 했던 것은 운동을 하는 것입니다. 일단 집에 들어가면 다시 운동을 하러 나오기에는 많은 합리화를 하기 때문에 퇴근하자마자 일단 헬스장을 향했습니다. 운동하러 가면 다른 사람들이 눈에 보여 하지 않으려고 했던 운동도 평소보다 더 하게 된다는 생각에 자연스럽게 가게 되었죠. 운동을 가며 늘 생각했습니다.

*나를 위해 하루에 1시간에서 2시간 정도를 투자 못 할까? 나의 미래와 건강을 위해서인데? 힘들면 1시간, 체력이 있으면 2시간 운동하는 거 어렵지 않잖아! 하고 말이죠.*

그리고 그 생각은 자연스럽게 머리에 박혀 스스로에 좋은 영향을 주었습니다. 정말 하기 싫은 날은 20분 혹은 30분만 하고 나온 적도 있습니다. 하지만 일단 일을 끝내고 운동을 했다는 생각에 스스로에 대한 칭찬을 아끼지 않았습니다. 퇴근하고 아무것도 하기 힘들 텐데 무엇이라도 하려는 자세, 너무 좋다! 그렇게 스스로를 다독이고 또 다독였죠. 10분을 하든, 1시간을 하든, 일단 그 시간을 활용했다는 것도 대단하다고 여겼습니다.

이어서 시도했던 것은 공부와 독서였습니다. 퇴근하고 곧바로 가까운 카페로 향해 커피 한잔의 여유를 즐기는 것이었죠. 평소에 독서를 좋아하기 때문에 커피와 함께 하는 독서는 더더욱 좋은 시간이었습니다. 이 역시도 강박이나 긴 시간을 가지지 않고 단 20분에서 30분, 혹은 커피를 다 마시기까지의 시간만 활용하기로 했습니다. 독서가 하기 싫다면 그저 카페에서 여유를 즐기는 저만의 시간을 가지기도 했습니다. 아무것도 하지 않고 커피만 마셔도 좋았고, 휴대폰을 만지며 영상을 봐도 좋았습니다. 중요한 것은 퇴근 후 집에 가자마자 무기력하게 누워 있지 않고 활동을 한다는 것이었죠.

공부는 더더욱 스스로에게 관대했습니다. 공부라고 하여 책 몇 권을 한꺼번에 들고 가 몇 페이지까지 풀이를 하고 오답을 확인하며 하지 못했던 부분들에 대해 자책을 하는 등 그런 시간은 애초에 버렸습니다. 단순하게 영어 단어 몇 가지를 공부하거나, 제가 공부하는 것과 관련된 영상을 보는 등 커피 한잔과 함께 할 수 있는 가벼운 공부를 했죠.

그렇게 하니 저만의 시간을 보내는 것 같고, 하루가 알찬 느낌이 들 뿐만 아니라 내일을 살아갈 수 있는 힘이 생기게 되었습니다. 에너지를 얻은 것 같고 충분한 휴식이 된 것만 같은 시간. 피곤했지만, 온전한 저만의 시간으로 인해 힐링도 함께 했죠. 우울이라는 친구는 올 자리가 없었습니다.

　오후 근무 역시 힘들지만 최대한 일찍 일어나 출근 전의 시간을 활용했습니다. 보통 14시 출근, 22시 30분이나 23시에 퇴근하는 근무로 집에 가서 씻고 잘 준비를 하면 대게 자정이 넘는 시간이라 시간 활용이 어려울 거라 생각했지만, 막상 습관을 들이면 이 시간마저 달콤합니다. 처음에는 9시, 그다음에는 8시, 그다음에는 7시… 등으로 최대한 일찍 일어날 수 있도록 매번 알람을 맞춰 놓고 습관을 잡았습니다. 그러고 난 뒤 세수를 하고 최대한 정신을 차린 뒤 하고 싶은 걸 했죠. 운동을 할 때도 있었고, 글을 쓸 때도 있었고, 아침의 상쾌한 기분으로 공부나 독서를 하기도 했죠. 아니라면 흥미로운 만화책을 보거나 쇼핑을 하기도 했고, 여유롭게 텔레비전을 보는 등 오전의 시간을 마음껏 누렸습니다. 그리고 점심을 먹고 나서는 아주 잠깐의 달콤한 낮잠을 자고 출근을 했죠. 아침 일찍 일어난 터라 온몸이 피곤할 때 나른한 시간의 낮잠은 일을 할 수 있는 활력을 줄 수 있었습니다. 이러한 생활을 하면 자연스럽게 퇴근 후에는 씻고 다른 일은 하지 못한 채 잠에 빠져들기 때문에 다음 날 일찍 일어나는 것에도 도움이 되죠. 휴대폰을 보거나 영상을 보는 등으로 늦게 잠들 수 있는 일을 예방할 수 있었습니다.

　밤 근무는 최대한 휴식을 위한 시간으로 생각했습니다. 밤에 근무하

• 우울해지면 디저트를 맛보아요

는 것도 힘들었고, 낮에 충분히 잠을 자 두지 않으면 근무에 영향을 주기 때문에 밤 근무는 하고 싶은 걸 다 하는 시간으로 잡았습니다. 한 달에 적으면 6개, 많으면 8개 정도를 근무하기 때문에 한 달에 약 8일 정도는 하고 싶은 것을 해도 좋지 않습니까. 자고 싶으면 자고, 먹고 싶으면 먹고, 운동 가기 싫으면 안 가는 등. 최대한 스트레스 받지 않게 스스로를 놓아두는 시간이었습니다. 그로 인해 밤 근무가 끝난 다음에는 오히려 다른 일을 할 수 있는 활력을 얻을 수 있어 최고의 시간이었죠. 때로는 얻은 활력으로 평소와 같이 독서를 하거나 공부를 할 수 있는 시간을 내기도 했습니다. 점차 발전하고 있는 스스로를 바라볼 수 있는 좋은 기회가 되었죠.

이렇게 순환 근무 사이에 하고 싶은 일을 찾고, 활력을 얻으면서 생활하다 보니 자연스럽게 좋은 습관이 형성되는 건 당연했습니다. 일찍 일어나는 습관과 시간을 활용하는 방법을 터득했고, 그 시간을 활용하여 했던 독서와 공부들로 인해 얻은 것은 늘어만 갔습니다. 지금 이렇게 글을 쓰는 습관 역시도 순환 근무의 시간들을 활용하면서 떠오른 아이디어를 모았던 거라 자신할 수 있을 정도로 좋은 습관이 생긴 것이죠. 순환 근무라 하면 매번 근무 시간이 바뀌어서 몸도 마음도 피폐해질 법도 했지만, 오히려 그 순환 근무의 시간을 활용할 줄 아는 습관을 가질 수 있다는 것. 처음은 힘들었으나 끝은 달콤한 열매를 얼마나 많이 먹었는지!

이러한 저의 좋은 습관에 '브라우니(Brownie)'라는 디저트를 떠올리지 않을 수 없었습니다. 우리에게 흔하기도 하고 자주 먹는 브라우니는 우리나라에 흔한 만큼 어렵지 않게 만들 수 있는 디저트입니다. 촘촘하지도 않고 가볍지도 않은 브라우니는 그 둘 사이에서 완벽한 균형을 이끌어 내는 부드러운 식감과 풍부한 초콜릿 향이 가득한 것이 특징이죠. 그만큼 역설적인 두 가지가 있지만 그것의 조화가 잘 어울리면서 완벽한 균형을 이끌어 내는 대단한 디저트입니다. 순환 근무자인 저에게 교대 근무끼리의 균형을 맞추는 것 또한 이 브라우니와 같다고 생각했습니다. 근무 사이에 촘촘하지도 않지만, 그렇다고 아무것도 하지 않은 채 가만히 있지도 않은 적절한 균형. 그로 인한 만족감과 사라지는 우울감까지!

좋은 습관을 가지면 가질수록, 우울과 같은 처지는 감정보다는 활기차고 활발한 좋은 감정들이 가득하다는 것을 스스로 느끼게 됩니다. 그러면서 앞으로 나아갈 희망과 용기가 생기게 되죠. 그래서 평소에는 도전하지 못했던 것들을 도전하고 싶어지고, 실제로 행동하는 스스로를 발견하게 됩니다.

첫 단추가 어려울 뿐, 그 단추를 스스로 끼우게 되면 그 뒤부터는 수월하게 이어질 수 있다는 것을 기억하면 좋겠습니다. 저 역시도 순환 근무에 좋은 습관을 가지는 것이 너무 어려웠고, 이렇게 말로 했지만 저 역시 몇 개월 이상의 시간이 걸렸고, 스스로를 다독이며 우울과 이별을 준비해 왔으니까요.

　가끔 찾아온 우울도, 이제는 쉽게 떨쳐 낼 수 있는 멋진 용기가 생기는 것을 이 책을 읽고 있는 여러분도 경험했으면 좋겠습니다.

## 4) 타르트 : 자, 여기서 비타민D 합성 시작!

\* 타르트(tarte) : 프랑스식 파이. 납작하고 둥근 모양을 하고 있으며 반죽으로 만든 크러스트에 짭짤하거나 달콤한 소를 채운 뒤 굽거나 크러스트를 먼저 구워 낸 다음 필링을 채워 넣어 만든다.




　요즘 유행하는 말들 중에 집순이, 집돌이라는 말이 있습니다. 그 말은 즉, 바깥 활동을 하기보다는 집에서 본인이 하고 싶은 걸 하고, 집에서 쉬는 것을 더 선호하는 사람들을 뜻한다고 하죠.

　제가 바로 그런 사람입니다. 바깥 활동을 하면 에너지를 빼앗기는 것 같고, 오히려 집에서 제가 하고 싶은 걸 하면서 가만히 앉거나 누워 휴식하는 것이 에너지를 충전하는 방법이라고 생각하는 사람. 저는 그 중에서도 특히 더 게으른 사람이었습니다. 머릿속으로는 이미 운동장 100바퀴를 뛰었지만 현실은 가만히 침대에 누워 휴대폰으로 결제밖에 할 줄 모르는 사람이었고, 먹고 자는 것을 좋아해 먹고 자는 것을 지속적으로 반복만 하던 사람입니다.

　그래서였을까요. 다른 사람들보다는 빠르게 무기력함과 우울이 찾아왔고, 그 우울을 아무런 저항도 하지 못한 채 받아들였던 기억이 납니다. 이겨 낼 생각 없이 그대로 받아들였던 지난 시간의 저의 모습.

그러나 우울을 인지하고 스스로 이겨 내려고 다양한 방법을 시도하면서 달라졌던 것이 있습니다. 운동을 시작하고 살이 빠지는 것과는 별개로, 바깥 활동을 하고 싶어졌다는 겁니다. 집순이라는 습성을 완전히 버렸다거나 완벽하게 바뀌었다는 것이 아니라, 매번 집에만 움직이지 않고 생활하던 제가, 적당한 움직임은 물론이거니와 활발하게 움직이고 싶어진다는 점입니다.

*이거 말고 다른 거 할 거 없을까요? 제가 갔다 올게요!*

집에서 부모님과 함께 생활하는 제가, 자꾸만 무언가를 하겠다고 나서기도 하고, 바깥에 산책을 하자고 먼저 제안을 하기도 하는 등 움직이고 싶어지고 활동하고 싶어졌다는 겁니다. 괜히 한 번 더 나가서 집 근처를 둘러보기도 하고, 구경을 하기도 하면서 햇빛을 맞으며 비타민 D를 합성하게 되는 저의 모습. 지금 보기에는 아주 작은 변화지만, 꾸준히 이런 모습을 유지하게 되면 큰 변화를 일으키는 긍정적 나비 효과의 일부분이라는 생각이 듭니다.

집에서뿐만 아니라 사회 활동을 할 때도 마찬가지입니다. 다른 사람이 움직여도 되고 제가 움직여도 되는 상황 속에서 제가 먼저 움직이게 되는 마법. 과거의 저는 다른 사람이 움직여 주면 그저 고맙다는 생각을 하며 가만히 있는 것이 좋았고 습관이었는데, 지금은 먼저 움직이는 것이 좋고 움직임으로 인해 스스로에게 오는 그 쾌감을 즐기게 되었습니다.

때로는 집에 가만히 있으면서 제 몸을 충전시키기도 하지만, 몸을 움직이고 활동을 하는 시간이 늘어나면서 제 몸의 에너지를 조절할 수 있다는 것.

제가 디저트 중에서 가장 많이 먹기도 하고 손쉽게 구할 수 있다고 생각하는 디저트는 바로 '타르트(tarte)'입니다. 타르트도 우리나라에서 브라우니만큼 흔한 디저트라 관심 없는 사람들도 한 번쯤은 직접 보기도, 들어 보기도 한 디저트입니다. 타르트는 기본 모양을 낸 크러스트를 만든 다음 그 위에 달걀이나 과일 등 원하는 필링을 채워 만드는 디저트입니다. 타르트같이 저 역시도 기본적인 것들을 시도하고 만들어 두니 자연스럽게 필링이 씌워져 그 이상의 좋은 효과를 얻을 수 있죠. 단순히 크러스트만 있을 때보다도 다양한 필링을 얹은 타르트가 맛있듯, 기본적인 것들 위에 더 얹어지는 저의 좋은 습관들과 얻을 수 있는 다양한 좋은 것들이 저를 더 들뜨게 하죠. 우울이라는 감정이 이미 저와 사라질 준비를 하고 있는 겁니다.

시간 날 때 틈틈이 나가 활동을 하고, 활동을 하면 할수록 더 하고 싶어지는 마음을 느끼며 비타민D 합성까지. 이러한 저의 행동은 여름은 더워서 싫고 겨울은 추워서 싫다는 저의 일반적인 통념을 깨 주었습니다. 여름이기에 땀이 나서 바깥 활동이 싫다는 핑계와, 겨울은 춥기 때문에 감기 걸릴 수 있어 나갈 수 없다는 핑계가 생각이 나지 않을 정도로 바깥 활동을 하게 되었기 때문이죠. 여름은 여름이기에, 겨울은 겨울이기에 산책할 때 느낌이 달라 오히려 그걸 즐길 수 있게 되었습니다. 그러면서 자연스럽게 몸이 가벼워지고, 바깥에서 일상적인 것보다 더 다양한 걸 할 수 있게 되죠. 다양한 필링이 함께하는 타르트를 기분 좋게 맛보는 기분이었습니다.

저는 오늘도 비타민D 합성을 위해 가벼운 산책과 함께 오늘의 활동을 지속합니다, 맛 좋은 타르트를 즐기는 것같이!

## 5) 달고나 : 내 감정은 내가 컨트롤 한다

* 달고나 : '설탕보다 달구나'에서 이름이 유래되었다고 전해지는 포도당 덩어
  리를 녹인 다음 소다를 넣어 만든 과자

달고나는 우리나라에서 특정 드라마로 인해 더욱 인기를 끌어 해외에서도 큰 반응을 보인 디저트 중 하나입니다. 어렸을 때부터 많이 만들어 먹기도 했고, 사 먹기도 했던 추억의 과자 중 하나죠. 저는 이 달고나와 저의 감정에 대한 이야기를 함께 해 보고자 합니다.

사람은 살아가면서 자신의 감정을 조절하고 적절한 감정을 드러내는 것을 힘들어합니다. 열심히 노력을 해도 얼굴에 다 드러난다는 사람도 있고, 겉으로는 잘 숨기나 속은 썩어 들어가는 사람도 있습니다. 그만큼 감정 조절을 알맞게 한다는 것은 정말 힘든 일이죠.

그중에서도 저는 특히나 그런 것을 힘들어하던 사람이었습니다. 겉으로는 사회생활 잘하는 사람마냥 하하 호호 웃기도 하고 박수도 치며 호응을 잘해 주지만, 집에만 오면 흔히 말하는 현타를 맞이하기도 하고, 그로 인한 번아웃에 빠지는 것이 흔했습니다. 그걸 이겨 내지 못하여 생각이 많아지고, 기분도 처지면서 자연스럽게 우울함에 빠져들

때가 많았죠. 그 우울함을 어떤 방법을 동원하여 이겨 냈다 한들, 다시 우울감에 빠지는 시간이 아주 짧았습니다. 그만큼 감정을 조절하고 스스로의 감정을 깨닫는 것은 참으로 힘들었죠.

저는 워낙 감정적인 사람이고, 이성보다는 감정에 호소하는 편이었기에 평생 감정 조절을 어려워하며 살 줄 알았습니다. 번아웃에 자주 빠지고 현타가 오는 것은 어쩔 수 없는 성격이고, 그렇게 살면서 우울함에 매번 빠지는 대로 두는 것이 옳다고 생각했습니다.

하지만, 스스로 그 우울감을 인지하고 이겨 내려고 여러 가지 시도를 한 뒤부터는 제 감정을 서툴지만 서서히 조절할 수 있게 되었습니다. 평소와 다를 바 없이 사회생활을 하듯 감정적으로 대하게 되어도, 혼자 있을 때 현타가 오지 않고 일상적인 생활을 할 수 있게 된 거죠. 감정 안에서도 공과 사를 구분할 줄 알게 되어 혼자 있을 때 '내가 왜 그랬지?'라는 생각에 빠지는 일이 없어지게 되었습니다. 때에 따라 아예 사라지진 않았지만 횟수가 훨씬 줄어들었죠. 그럴 수 있지라는 생각을 하며 스스로를 다독이게 되는 것이 이제는 자연스럽게 이어진다는 겁니다.

이성보다는 감정에 호소하며 감정에 예민한 제가 특히나 혼자 있을 때는 더더욱 그런 감정에 지배를 당하곤 하는데, 그 때문에 매번 좋았던 감정도 순식간에 롤러코스터마냥 가라앉기도 했습니다. 그럴 때면 매번 '왜 우울하지?'라는 생각을 지속적으로 하면서 어떻게든 이유를 찾으려고 했으나 결국 찾지 못했고, 무언가를 시도했지만 하지 못했다는 생각에 또다시 우울감이 느껴져 좋지 못한 감정이 심화되기도 했습니다. 결국 시간이 해결해 준다는 말과 같이 우울이라는 감정도 시간이 지나면서 사라지긴 했지만, 그렇다고 우울했던 그 일이 없었던 것이 되진 않았죠. 가끔 불쑥 튀어나오는 감정과 그때의 생각들로 인해 또다시 우울해지는 경우가 대다수였습니다.

그러나 이런 제가 점차 우울이라는 감정과 저를 분리시키고, 자연스럽게 지나갈 줄 알며, 너무 감정에만 집중하여 더 우울해지지 않으려고 하는 모습으로 변화되었던 겁니다.

저는 제 감정을 스스로 조절할 수 있는 제 모습을 보며 달고나가 자연스럽게 떠오르지 뭡니까. 달고나는 원하는 모양을 찍어 낸 동그란 동전 모양으로 찍힌 모양을 그대로 얻기 위해 조심스럽게 주변을 분리해야만 하죠. 그렇게 원하는 모양을 완성해야 성취감과 함께 달달하고 맛 좋은 달고나를 먹었던 기억이 납니다.

이러한 달고나처럼 완성된 저라는 존재가 스스로 우울이라는 감정과 제 자신을 분리시키면서 바라보니 자연스럽게 제 감정을 조절할 수 있는 능력이 생겼죠. 달고나의 모양을 내기 위해 천천히, 조심스럽게 모양 주변을 분리하기 위한 시도가 마치 저와 제 감정을 분리시키기 위한 제 노력과 같아 보였거든요.

작은 변화는 작은 일들만 변화시킬 것이라 생각했지만, 결코 그렇지 않았습니다. 스스로가 느끼지 못할 정도의 작은 변화들이 모여 결국은 스스로가 느낄 정도의 큰 변화가 된다는 것. 그것만으로도 저는 한 단계 성장하고 있습니다.

## 6) 튀일 : 지독한 게으른 완벽주의와의 이별

* 튀일(tuile) : 달달하거나 짭짤한 맛을 내는 프랑스의 매우 얇은 웨이퍼 과자. 튀일(Tuile)은 기와를 뜻하는데, 튀일의 모양이 건물 상단에 올려진 기와와 같이 곡선을 그리는 데서 연유하였다. 기와 모양뿐만이 아닌 다른 형태로도 변형 가능하다.

저의 성격에 대한 이야기를 하게 될 때, 절대 빠지지 않는 단어가 하나 있습니다. 바로 '완벽주의'입니다. 완벽하게 할 수 없으면 시작을 하지 않거나 혹은 욕심이 많아 반드시 마무리를 완벽하게 해야만 한다는 강박을 가진 사람이 바로 저입니다. 딱 하나, 다른 사람들에 비해 단어를 하나 추가하자면 완벽주의 앞에 '게으른'을 붙여야 합니다. 완벽하길 바라지만 게으른 상성 탓에 완벽하게 하질 못해 스스로 스트레스를 받는 모순적인 사람인 거죠. 완벽을 바라지만, 그 완벽을 위해 노력이 뒷받침되지 않는 그런 사람. 그렇기에 다른 사람들에 비해 예민하고 스트레스도 많이 받으며 흔히 말하는 번아웃도 매우 잘 오는 편입니다. 스스로에게 기대하는 건 많은데 그만큼 제가 하지 않고 왜 큰 이상을 바라면서 하지 않는 거냐며 다그치기만 할 뿐, 실천력이 약하기 때문이죠. 변화를 바라지만 저는 늘 평범하게 노력하고 있습니다.

우울한 감정이 온몸을 지배했을 때, 이러한 게으른 완벽주의 성향은 더욱 심했습니다. 기분은 우울해서 아무것도 하기 싫고 움직이기도 싫은데, 머릿속으로 바라는 제 이상향은 너무나도 커서 남들보다 몇 배의 노력이 필요했죠. 머릿속으로는 이미 성공해서 온 천하를 다스리는 사람이 되어 있죠. 하지만 힘이 빠지고 기운이 없으니 하지 않게 되고, 그 이상을 위한 날짜가 다가오고, 결국 좋지 못한 결과를 얻게 되면 스스로를 엄청나게 다그쳤습니다.

*제대로 하지도 못할 거면서 쓸데없이 이상만 커서……. 너는 도대체 할 수 있는 게 뭐야?*

주변 아무도 제게 무어라 하는 사람은 없었지만, 저 자신은 제게 너무나도 못되게 굴었죠. 높은 목표를 이룰 수 없고, 그걸 따라가기 힘들다면 목표를 낮추고 눈높이를 맞추면 되는데 또 쓸데없이 욕심은 커서 낮추지도 않은 채 스스로만 다그치기 바빴습니다. 그게 우울한 감정이 더해지니 심화됐으면 더 심화됐지 결코 모자라진 않았던 거죠. 그런 저의 게으른 완벽주의는 평생 함께 할 줄 알았습니다.

하지만, 우울을 이겨 내기 위해 시도했던 여러 가지 작고 소박한 노력들과 큰 행동들까지 더해지고 시간이 지속되니 '게으른'이라는 단어도 사라지고 '완벽주의'라는 단어도 사라지기 시작했습니다.

게으른 행동들이 사라졌다고 해서 매일을 하루도 빠짐없이 부지런하게 움직이거나 무언가를 했다는 뜻이 아닙니다. 그저, 게으른 스스로의 모습을 받아들이고, 제게 많은 부담을 주지 않도록 만들게 된 거죠. 무의식적으로 제 능력 밖의 일이라면 크게 다그치지 않았고, 빠르게 포기하고 다른 곳에 집중할 수 있는 능력이 생겼다는 겁니다. 게으른 제 모습 그대로를 사랑하고, 게으른 그 행동을 그대로 둡니다. 단, 오늘이 게을렀다면 내일은 일어나 달릴 수 있도록 힘을 축적시키는 것이죠. 게으른 행동이 곧 힘을 얻을 수 있는 행위라 여기고, 내일을 위한 힘을 얻도록 했습니다. 그렇게 하니 오늘 게을렀지만 내일은 꾸준하게 달리고 나아가는 삶을 살게 된 거죠. 생각도 바뀌고 행동도 바뀌었던 겁니다.

완벽주의도 마찬가지입니다. 항상 완벽하지 않으면 시작하지도 않았고, 시작한 것은 노력도 없이 완벽하기를 바랐지만 이제는 내려놓을 수 있을 때 내려놓을 수 있는 여유가 생겼습니다. 게으른 행동을 없애기 위해 스스로의 능력을 인정하고 할 수 있는 일에 더욱 집중할 수 있게 만들자, 자연스럽게 마음이 편안해졌습니다. 이 일을 하지 않아도 앞으로 다른 일을 할 수 있고, 시간은 많으니 그 시간 안에 하려고 애를 쓰지 않아도 된다. 그런 생각을 하니 완벽에 대한 집착은 물론이거니와 반드시 완성을 해야 한다는 집착도 사라졌습니다. 미완성의 미학이라고 할까요. 때로는 완성되지 않은 것도 완성이라 말할 수 있고, 그것이 실제로 아름다운 다른 결말을 만들어 낼 수 있다는 생각에 완벽한 것에 집착을 하지 않게 되었죠. 비로소 내려놓으면 마음이 편안해진다는 뜻이기도 할 것이고, 마음을 편안하게 만들어 단기의 목표와 완벽이 아닌 장기의 완벽을 향해 나아갈 수 있는 힘이 생겼다고 할 수 있을 것 같습니다.

'튀일(tuile)'이라는 디저트는 한번 만들 때 까다롭지만 많은 양을 만들 수 있는 디저트로 얄팍하게 펴낸 반죽을 오븐에 굽고 일정한 모양을 잡아 식혀 만듭니다. 튀일이라는 뜻 자체가 프랑스어로 '기와'라는 뜻으로 기와 모양으로 생겼기 때문에 그리 부른다고 합니다. 하지만, 여기서 튀일이 기와라는 뜻을 가지고 있기 때문에 기와 모양으로 만들어야만 한다는 생각을 하지 않으면 더 다양한 것을 얻을 수 있습니다. 제가 완벽하게 해야만 한다는 강박과 집착을 버리듯, 튀일을 만들 때도 그 생각을 버리게 되면 자연스럽게 조금 더 다양한 변화를 주는 디저트를 만들 수 있죠. 그리고 그걸 페이스트리 크림과 같은 부드러운 질감의 크림이나 무스, 베리 종류의 과일, 아이스크림, 셔벗 등을 곁들여 먹을 수 있습니다. 활용도도 높아지고, 더 맛있게 튀일이라는 디저트를 즐길 수 있게 되는 겁니다!

제 인생에서 정말 지긋지긋하고 지독한 이 게으른 완벽주의의 인생에 이제는 한줄기의 빛이 보입니다. 이 빛이 제게 무거운 빛이 되지 않기를 간절히 바랍니다.

## 7) 타르트 타탕 : 내가 보는 시선이 곧 나의 기분이었다는 걸 깨닫기

* 타르트 타탕(tarte tatin) : 파이를 뒤집어 구운 형태의 사과파이. 보통은 밑에 페이스트리 반죽을 깐 후 위에 사과를 올려 굽는 것이 일반적이지만 타르트 타탕은 반대로 사과를 먼저 틀에 깔고 위에 페이스트리 반죽을 올려 굽는다. 구운 후 뒤집어서 이색적인 맛을 내는 프랑스 상트르 지방의 디저트

이 책을 쓰기 위해 다양한 디저트를 공부하던 중, '타르트 타탕(tarte tatin)'이라는 디저트를 알게 되었는데, 처음에는 단순한 사과파이라고만 생각했습니다. 그 뜻을 찾아보니 우리가 알고 있는 사과파이라는 말로 설명이 시작되기에 말만 좀 번지르르하게 하는 사과파이구나 싶었죠. 하지만 그 뜻을 더 자세하게 알아 가다 보니 타르트 타탕은 일반적인 사과파이가 아니라는 것을 알게 되었습니다. 그리고 그 뜻을 명확하게 알게 되는 순간, 하고 싶은 이야기가 떠올랐죠. 바로 제가 바라보는 시선과 그에 따른 기분에 대한 이야기입니다.

살아가면서 제가 생각하는 것이 곧 행동이 되고, 제가 바라보는 시선이 곧 기분이 된다는 것을 알게 되기까지 꽤 오랜 시간이 걸렸습니다. 책을 많이 읽어도 보고, 많은 사회 경험을 해 봤지만 직접적으로 깨닫고 그것을 실천하는 것도 많은 시간이 걸렸죠. 우울한 감정이 본격적으로 제 몸에 파고들 때는 더욱 그랬습니다. 바라보는 그 모든 것

에 흥미가 없고 우울했으며, 아무런 생각도 할 수 없어 기운이 처지기만 했습니다.

일을 할 때에도 그랬습니다. 교대 근무 특성상 그날 일을 해야 하는 누군가가 일이 있어 출근을 하지 못한다면, 반드시 다른 사람이 출근을 해야만 하죠. 그렇기 때문에 회사가 돌아가고 일을 할 수 있는 것이 교대 근무입니다. 즉, 누군가가 일이 있어 빠지면 제가 쉬는 날임에도 불구하고 출근을 해야만 하는 상황이 생길 수도 있다는 겁니다. 그런 경우, 황금 같은 휴무일에 나가야만 하고, 뒤에 남은 근무마저도 수정이 된다는 사실에 뭐가 그렇게 우울한지 세상이 무너지는 것만 같았습니다. 다른 건 손에 잡히지 않고, 그저 보이는 것은 우울한 현실들. 다른 생각도 할 수 없었고, 일을 해도 집중이 안 되었으며, 제가 좋아하는 일을 해도 흥미가 생기지 않았습니다. 지금 펼쳐진 이 현실을 부정하고 싶은 생각이 강했기 때문이죠.

평소에 취미 생활을 할 때에는 더욱 느꼈습니다. 일은 그나마 사회생활이라 억지로 공과 사를 구분해서 일을 해 보려고도 하고 노력을 하긴 했지만, 취미 생활 같은 경우는 제가 하지 않으면 그만이었기 때문에 이 무력감과 우울감을 이겨 내기는 힘들었죠. 책을 읽을 때에, 자기 계발서든 소설이든 그 주인공이 제가 된 거 같아 기분이 들뜨고 괜히 용기가 생기고 자신감이 생기지만, 책을 덮는 순간 현실로 돌아오게 되며 우울해지죠. 저는 이 책 속의 주인공처럼 용감하지도 않고, 노력하지도 않고, 대단하지도 않으며, 변화를 할 수 없기 때문입니다. 오히려 그 주인공과 반대가 되어 아무것도 하지 않은 무쓸모한 인간처럼 느껴졌습니다.

이는 제가 보는 시선이 어떤지, 제가 생각하는 것이 무엇인지를 파악하지 못한 채 그저 흘러가는 대로 가만히 있었기 때문임을 알게 되었죠. 그리고 저는, 저의 시선과 생각을 가만히 두지 않았습니다. 일은 벌어졌고, 해야만 하는 상황 속에서 그것을 어떻게 바라보고 어떻게 생각할지를 명확하게 짚고 넘어갔습니다.

그러니 느끼는 것이 달라지는 게 아니겠습니까? 아까의 예시를 말해 보자면, 상황이 그렇게 되어 근무가 바뀌었을 때, 원래는 근무가 바뀌었고 쉬는 날에 출근을 했다는 사실에 저만 불행한 것 같고 우울해지고 왜 하필 저였을까라는 생각을 했었습니다. 그러나 그것을 자연스럽게 받아들이고, 지금 이 순간에 집중을 하니 마음가짐이 달라졌습니다. 상황이 어쩔 수 없어 출근을 했지만, 결국은 다른 사람 대신 일을 한 것이기 때문에 다른 날에 제가 이익을 볼 수 있는 상황이 생길 것이고, 실제로도 그렇게 근무가 수정이 되었습니다. 지금 쉬지 못하지만 그 대가로 월말에 쉴 수 있는 날이 하나 더 늘어난 것이죠. 생각 하나, 시선 하나 바꾸고 지금 이 순간에 집중을 했을 뿐인데 결과가 달라지고 기분이 달라졌습니다.

또, 책을 읽고 나서 느끼는 그 공허함 역시도 달라졌습니다. 책을 읽을 때면 제가 그 책의 주인공인 것마냥 대단히 멋진 사람이었지만, 책을 덮는 순간 현실로 돌아와 자괴감에 괴로워하는 모습만이 가득했던 과거의 제 모습. 그러나 책의 주인공에게 몰입은 하되, 저와 다른 사람이라고 구분을 하고 책을 덮으니 자괴감은 없고 배울 수 있는 점들만이 남았습니다. 스스로의 자존감을 높이는 도구 중 하나가 된 것이죠. 책에서 얻을 건 얻고, 버릴 건 버릴 수 있는 사고와 시선을 가지게 된겁니다.

방법은 정말 단순했습니다. 생각을 달리하고, 시선을 다르게 하는것. 지금 이 순간 기분이 우울하고 행복하지 않지만, 조금만 생각을 바꾸어 다른 시선으로 바라볼 때, 저의 기분은 확실하게 달라집니다. 긍정적인 생각, 분리할 줄 아는 사고. 그로 인해 얻을 수 있는 좋은 결과를 알 수 있고 발견할 수 있는 능력까지.

여기서 앞서 얘기했던 '타르트 타탕(tarte tatin)'에 대해 말하고 싶습니다. 타르트 타탕은 우리가 알고 있는 사과파이지만, 일반적인 사과파이와는 다르게 '반대로' 구워 이색적인 맛과 모양을 내는 디저트라고 합니다. 보통은 밑에 페이스트리 반죽을 깐 후 사과를 올려 굽지만, 타르트 타탕은 반대로 사과를 먼저 틀에 깔고 위에 페이스트리 반죽을 올려 굽는 디저트라고 합니다. 그렇게 굽게 되면 밑에 깔린 사과가 자연스럽게 향긋한 맛을 내어 녹진해지며 페이스트리 반죽은 윗면에서 바삭하게 익혀져 독특한 디저트가 되는 거죠.
굽는 방법이 다르다고 해서 이 디저트를 사과파이가 아니라고 하지 않습니다. 굽는 방법이 조금 다를 뿐, 들어가는 재료는 같기 때문에 사과파이의 일종이라고 하는 거죠. 완성된 타르트 타탕에는 사과가 잔뜩 들어 있으니 사과파이라고 생각할 수밖에 없습니다.

그러니 우리는 우리가 보는 시선 그대로가 보이는 그대로임을 이 디저트를 통해서도 알 수 있는 거죠. 나쁘게 보면 우리의 감정도 나쁘게, 좋게 보면 우리의 감정도 좋게 보게 됩니다. 디저트 하나로도 깨달음을 얻을 수 있다는 점에서 저는 디저트를 눈과 입으로 즐길 수 있다는 표현을 하고 싶어요. 때로는 마음으로 느낄 때도 있으니 디저트 하나로 얻어 가는 것이 많습니다.

물론, 누군가는 어떻게 매번 그렇게 다르게 바라보고 다르게 사고할 수 있냐고 반문할지도 모릅니다. 그럴 때는 너무 애쓰지 말고 흘러가는 대로 느끼기도, 바라보기도 하면 됩니다. 다만, 실패해도 다시 일어설 수 있다는 스스로에 대한 긍정적인 믿음을 포기하지 않는 것. 그것만으로도 우울과 이별할 수 있는 시작이라고 생각합니다.

## 8) 팔미에 : 좋아하는 걸 더 좋아하게 되었다

\* 팔미에(palmier) : 층층이 버터와 반죽이 쌓여 만들어지는 파이로 슈거 파우
더나 설탕을 뿌려 접어 민 퓌유테 반죽. 종려나무 잎이나 나비 모양으로 생
긴 프랑스 페이스트리.

저는 좋아하는 것도 많고 하고 싶은 것도 많은 욕심 많은 사람입니
다. 그렇기에 많은 걸 하는 것 같지만, 그에 대한 깊이는 없죠. 그래서
일까요. 항상 열정 넘치게 시작했다가 결국 용두사미로 마무리되는 일
들이 많은 이유가.

가벼운 것부터 얘기하자면 한창 유행했던 비즈 액세서리 만들기, 실
링 왁스가 있었습니다. 재료가 필요해서 보이는 대로 구매하여 시작했
지만 결국 재료 한번 제대로 써 보지 못하고 그만두었고, 필라테스나
요가와 같이 유행에 편승하겠다고 시작했지만 결국 몇 번 마무리하지
못한 채 그만두었습니다. 말 그대로 맛만 보고 구매하지 않았던 마트
의 시식코너와 같았죠.

그런 모든 것을 좋아하긴 했느냐고 묻는다면, 정말 좋아했다고 대
답할 수 있습니다. 사람들이 하기 때문에 무조건 하기보다는, 정말로
할 수 있을 거 같았고 흥미를 느껴서 재료를 구매하고 등록을 하기도
했으나 빠르게 그만두게 되었죠. 언제든 다시 시작할 수 있을 거 같

지만 지금은 아니라는 생각도 많이 했습니다. 그렇게 결국 쌓여만 가는 취미의 흔적들. 차마 버리진 못한 채 그저 쌓여 갔던 좋아하는 취미들.

하지만 마음을 바꾸고, 여러 가지 시도를 하면서 스스로를 발전시켜 나가니 오히려 여유가 생기기 시작했습니다. 자기 계발을 하고 많은 것을 시도하면 시간에 쫓기고 바쁠 것이라 생각했던 것과는 달리 오히려 여유가 생기고 시간이 늘어나는 것을 깨닫게 되었죠. 그러니 자연스럽게 하지 않았던 취미들에 눈이 가기 시작했습니다.

비즈 공예와 같이 무언가를 만드는 것은 창의력이 필요하고 독창성이 필요하지만 한 번 그걸 떠올리면 아무런 생각 없이 비즈를 끼워 넣기만 하면 된다는 메리트에 스트레스를 이겨 내고 평정심을 찾는 취미로 자리매김할 수 있었습니다. 원래도 좋아했지만, 취미 생활의 일부로 만들면서 더 좋아지기도 했고, 실제로 머릿속이 복잡할 때 아무 생각 없이 비즈를 끼우고 있을 때면 마음이 차분하게 가라앉는 느낌을 받았습니다.

실링 왁스도 마찬가지입니다. 원하는 색을 조합하여 녹여서 도장을 찍어 굳히면 작품이 나오는 실링 왁스의 매력. 그 매력에 더 빠지게 되는 건, 색 조합만 하고 녹이기만 하면 어떤 작품이든 만들 수 있다는 점입니다. 무언가를 만드니 성취감과 뿌듯함이 따라오는 것은 당연하고, 그걸 모아 두면서 만족감을 느낄 수 있으니 스트레스는 언제 그랬냐는 듯 사라지고 없었죠.

필라테스와 요가와 같은 운동도 마찬가지입니다. 너무 정적인 느낌이라 별로라고 생각했지만, 오히려 정적인 운동을 하면서 사용하지 않았던 작은 근육들을 사용하게 되고, 새로운 근육을 사용하는 방법을 알게 되면서 느끼는 그 성취감! 물론 다음 날 근육통을 동반하지만 그것마저도 제가 평소 사용하지 않았던 근육을 잘 썼기 때문에 느끼는 것임을 깨달은 뒤부터는 오히려 근육통을 반갑게 맞이할 수 있게 되었습니다.

좋아하는 것을 알아 가고, 더 좋아지게 되는 과정들이 마치 '팔미에(palmier)'라는 디저트와 같다고 생각했습니다. 팔미에는 층층이 버터와 반죽이 쌓여 만들어지는 파이라 그 쌓이는 층을 여러 개 쌓으면 더 크게 만들 수 있고 작게 하면 작게 만들 수 있습니다. 버터와 반죽이 쌓여 아름다운 디저트의 모양을 만드는 팔미에를 보며, 제가 좋아하는 것들을 더 쌓아 올리며 더 좋아지고, 더 행복해지고, 그 재미를 알게 되는 것이 비슷하다고 생각했죠. 그러면서 행복한 감정은 쌓이고 우울이라는 감정은 자연스럽게 사라지는 효과!

우울이라는 친구와 이별하고 난 뒤 이별이라는 힘든 감정적 과정이었지만 저는 오히려 많은 것이 바뀌었습니다. 이전에 좋아했던 것을 더 좋아하고 애정을 가지게 된다는 그 점. 누군가에게는 평범하게 느껴질지도 모르지만, 제게는 대단하고 멋진 것이라 생각합니다. 좋아하는 걸 하면서 스트레스도 풀리고 좋은 감정을 느낄 수 있다는 것. 그리고, 그 순간 몰입하며 성취감과 자신감, 만족감까지 얻을 수 있는 일석

삼조의 효과.

오늘도 좋아하는 걸 더 좋아하는 노력을 해 보고자 합니다.

## 9) 비스퀴 아 라 퀴예르 : 쉼의 미학, 느낌 아니까

* 비스퀴 아 라 퀴예르(Bisquia la Quiere) : 플로렌스 지방의 제과사에 의해
만들어진 스펀지케이크의 일종이다. 비스퀴 아 라 퀴예르는 '스푼 모양의 스
펀지'라는 뜻으로, 짤 주머니가 발명되기 이전에 스푼으로 떠서 모양을 낸
것에서 유래한 것으로 전해진다. 무스와 크림의 바닥으로 사용되는 가벼운
스펀지케이크로, 제품 자체가 가볍기 때문에 시럽을 많이 바르면 찢어질 수
도 있으니 주의해야 한다.


앞서 말씀드렸다시피 저는 굉장히 욕심이 많고 하고 싶은 것도 많은
사람입니다. 다만, 그걸 해 나가는 의지나 끈기는 없는 편이죠. 그래서
번아웃이 자주 오거나 스트레스를 많이 받는 편입니다. 능력은 없는데
욕심은 많아서 이것저것 계획은 하나 결국 이루지 못하여 하지 못한
스스로에 대해 낙담을 하고 좌절을 느끼면서 번아웃을 자주 겪는 편입
니다. 그러면서 자연스럽게 우울과 친해지고, 우울도 저를 좋아하게
되는 아이러니한 감정을 느끼게 됩니다. 사실 목표를 정한다는 것은
이뤄 냈을 때의 성취감을 얻기 위한 것이 아닙니까. 하지만 너무나 많
은 욕심으로 인해 오히려 성취감 대신 그 반대의 것을 얻게 되는 당황
스러운 상황이 제게는 너무나도 많이 일어났고, 그렇기에 그것이 익숙
했습니다. 익숙하지 않아도 될 것인데도 말이에요.

그러니 바뀔 필요가 있다고 생각했고, 천천히 시도를 했습니다. 마
음만 급하고 다급하게 하지 않고, 정말 느리고 천천히. 기간을 길게 잡
고 바꾸려고 시도를 하게 되었습니다. 앞에서 언급한 다양한 시도들을

하다 보니 이젠 우울과 이별을 하게 되고 본격적으로 스스로에 대해 많은 것을 알 수 있게 되었으며, 많은 것을 할 수 있게 되었습니다.

그중에서도 특히나 '휴식'의 중요성을 알게 되었죠. 휴식이라는 단어를 보면 어떤 것이 떠오르나요? 한적한 곳을 돌아다니며 자연 그대로의 모든 것을 담으며 편안하게 지내는 것 혹은 본인이 좋아하는 어떤 것을 먹거나, 마시거나, 하는 것 등 다양한 것을 떠올릴 겁니다. 저도 처음에는 무언가를 '하는 것'이라고 생각했지만, 지금은 그 생각이 달라졌습니다.

저에게 휴식이라 하면, 정말 말 그대로 '쉬는 것 그 자체'입니다. 때로는 아무것도 하지 않고 가만히 침대에 누워 자는 것이나, 침대에서 뒹굴거리는 등 정말 아무것도 하지 않는 것. 그 자체가 휴식이라고 생각합니다. 무언가를 하면서 기분이 좋아지고 행복해진다면 그것 역시 휴식이지만, 그것도 역시나 무언가를 '해야만' 하기 때문에 얻는 것이므로 장기간으로 봤을 때는 지치는 날이 올 가능성이 있죠.

하지만, 가만히 누워 있고, 충전을 위해 잠을 청하는 것, 아무런 생각 없이 TV를 시청하거나 영상을 보는 일 등은 질리지 않고 할 수 있고 깊은 생각을 할 필요도 없습니다. 행동을 취해야 할 필요도 없습니다. 머리와 마음을 비우기도 좋고, 힘들었던 지난 일들을 잊기에도 좋습니다. 저는 이것을 일종의 '행복한 명상'이라고 말하는데, 이는 명상을 하며 잡생각을 없애고 온전히 본인에게 집중할 수 있는 시간을 저는 자거나 침대에서 뒹굴 거리는 것으로 대체하는 거죠. 마냥 우울한 감정에 지배당할 때는 이것밖에 하지 않은 채 아무것도 얻을 수 없었지만, 다양한 노력을 하고 건강한 몸과 건강한 마음을 가진 뒤로는 이 행동이 오히려 휴식을 뜻하는 것이 되었습니다.

다른 이들은 다른 방법으로 '휴식'이라는 것을 취할 수 있습니다. 그러니 본인이 생각하는 휴식이란 무엇일까, 혹은 이렇게 하니 정말 쉰 느낌을 받았다 등의 방법을 찾아 나가는 것이 중요하다고 생각합니다. 저의 방법이 모두에게 맞을 수 없으니 자신만의 방법을 찾아 나가는 거죠. 적당한 휴식으로 체력을 보충해야 앞으로 나아갈 수 있는 또 다른 힘이 생기니까요.

*멈추는 게 두려워서 없는 체력으로도 계속 무언가를 하려고 하는데, 그러면 정말 내 체력이 깎이는 거고 결국에는 아무것도 얻는 게 없을 수도 있으니 일단 쉬자. 대신 포기하지 말자. 때로는 쉬어 가는 것이 더 나은 추진력을 위한 한 가지의 방법이니까.*

책을 쓰기 위해 다양한 디저트를 찾아보면 꽤나 즐거웠지만, 그중에서도 발음하기 힘들거나 살면서 처음 보는 디저트를 발견한 적이 있습니다. 그중 하나가 '비스퀴 아 라 퀴예르(Bisquia la Quiere)'라는 디저트였는데, 쉼의 미학과 아주 잘 어울린다고 생각해요. 이 디저트는 자체가 가볍기 때문에 시럽을 많이 바르면 찢어질 수 있다고 합니다. 그러니 적당한 양의 시럽을 발라야 한다는 교훈을 주는 디저트이기도 하죠.

과하게 바르면 예쁜 모양이 망가지는 이 디저트처럼, 우리의 삶에도 쉼이라는 것이 필요하다는 것을 보여 주는 것 같았습니다. 우리도 뭔가 많이 하려고 하거나 과하게 하지 말고, 적당히 할 필요가 있습니다. 즉, 무언가를 하고 나면 쉼과 휴식이라는 것으로 적당히 쉬어 갈 필요가 있다는 걸 알려 주는 디저트.

친구를 만나는 것도 좋고, 나가서 밖을 둘러보는 것도 좋고, 쇼핑을 하는 것도 좋지만 그것 역시 체력이나 다른 것들이 소모될 가능성이 있죠. 그 모든 것도 좋지만 때로는 아무것도 하지 않는 온전한 본인의 휴식을 취해 보는 시간을 가지는 것도 좋겠습니다.

## 10) 카이막 : 온전히 나에게 집중하는 삶

* 카이막(Kaymak) : 우유를 가열한 뒤 생겨난 지방 막으로 만드는 튀르키예의 전통 음식. 진하고 고소하고 부드러우면서 순수한 맛이 난다고 한다. 주로 빵과 꿀을 곁들여 먹는다.

우리는 살아가면서 얼마나 본인에게 집중할 수 있을까요? 사실 저는 고등학교 때까지는 저에게 집중을 할 수 있었습니다. 일단은 부모의 테두리 안에 있기도 하고 국가에서 금전적이든 다른 부분이든 해 주는 것들이 있어 부담스러운 것이 없어 그나마 제게 집중할 수 있었습니다. 공부를 해야 하지만 가끔은 다른 것도 해 보기도 하고, 다른 흥미로운 것들에 더 집중을 해 보는 등 꽤나 다양하지만 심하지 않은 일탈도 할 수 있었죠.

하지만 대학생이 된 이후부터는 모든 것이 맨땅에 던져진 기분이 들었습니다. 집 근처에서 학교를 다닐 수 있었던 고등학생 때와는 달리 대학교는 타 지역으로 갈 수도 있고 같은 지역 내의 먼 곳으로 갈 수 있기에 혼자서 해야만 하는 것이 많았습니다. 그렇기에 아르바이트를 해서 용돈을 벌기도 해야 했고, 공부도 고등학교 때와는 달리 아무도 다그치는 사람이 없어 손을 놓아 버리게 된 적도 있었습니다. 살긴 해야겠고, 공부는 해야 하는데 또 다른 것들도 한꺼번에 몰려오는 그런 삶. 게다가 저는 학과 특성상 3학년 때부터 실습을 나가야 했기 때문에 그에 매달려 주말에도 무언갈 할 수 있는 시간이 없었습니다. 그래서 저에게 집중할 시간도 없이 대학교 졸업.

졸업하고 나면 또 제게 집중할 수 있는 시간이 그리 많지 않습니다. 요즘 같은 취업난이 심각할 때에는 취업에 매달려야 하기에 노력을 해야 하고, 취업을 한다고 한들 그에 적응하기 위해 고군분투하느라 또 정신이 없습니다. 적응도 몇 개월 내에 되는 것도 아니고 짧게는 1년, 길게는 몇 년이 걸릴지도 모릅니다. 그러다가 회사에 적응을 겨우 했는데 구조 조정이 되거나 혹은 너무 맞지 않다는 생각에 이직을 생각하게 되면 또다시 취업을 했던 때로 도돌이표. 결국은 저에게 집중할 수 있는 건 없이 회사가 저의 인생의 전부인 양 이끌려서 살게 되죠.

저 역시도 그랬던 기억이 확실하게 납니다. 인간의 생명을 다루는 의료진이었기에 더더욱 집중하지 않으면 안 되었고, 취업을 하고 나서도 끊임없이 공부를 해야만 적응을 할 수 있는 사회였습니다. 그러니 저를 위한 시간을 가지기보다는 배우기에 급급했고, 적응을 하고 난 뒤에는 휴식이라는 것이 없이 교대 근무를 이행해야만 했습니다. 교대 근무 특성상 너무나도 자주 바뀌는 근무 순환에 몸은 몸대로 상해 가고, 정신은 정신대로 혼미해져 끝에는 제가 무엇을 하는지도 모를 정도로 방전이 온 적도 있었습니다.

그렇게 되니 정말 안 되겠다는 생각이 들었습니다. 출근을 하면서 '이대로 차에 치이거나 다쳐서 응급실에 가게 되면 출근을 안 할 수 있을까?'라는 생각을 할 정도로 체력도, 감정도, 마음도 지쳐 버린 거죠.

우울이라는 친구는 그렇게 아주 자연스럽게, 예고도 없이 찾아왔습니다. 반갑지 않은 손님. 그걸 뿌리쳐 낼 힘도 없어 그대로 받아들이고 있었던 거죠.

우울이 극한으로 치닫게 되자 안 되겠다는 생각에 여러 가지 시도를 해 보고, 최대한 저만의 시간을 가지려고 노력했던 지난 시간들. 이것도 해 보고 저것도 해 보고, 안 되면 과감하게 버려도 보는 등 저만을 위한 시간을 가지기 위해 노력을 했습니다.

길게, 다급하지 않게 시간을 보내고 나니 어느 정도 저와 회사를 구분할 수 있게 되었습니다. 공과 사를 확고하게 구분할 수 있게 된 것이죠. 회사에서 실수가 있다면 다음에는 어떻게 하면 실수를 하지 않을까, 잠깐 고민하고 빠른 답을 얻은 후 퇴근을 하자마자 회사에 대한 일을 생각하지 않았습니다. 회사의 일을 집에 가지고 오지 않았던 거죠. 그러니 집에 오자마자 저만의 시간을 가진 채 하고 싶은 걸 했습니다. 책을 읽을 수도 있고 따뜻한 물에 기분 좋게 샤워를 오래 할 수도 있고, 아무런 생각 하지 않고 그대로 침대에 누워 휴식을 청할 수도 있고. 회사 일을 생각하지 않고 집에서만큼은 저만을 위한 시간을 가지자는 생각에 제게 집중을 하였습니다. 이기적이게 본인만을 생각하라는 것이 아닌, 할 일은 하고 주변을 깔끔하게 정리한 뒤에도 제 삶에 집중을 할 수 있는 여유가 된다는 겁니다.

그러니 이제는 그것도 습관화가 되어 회사에서는 회사 일에 집중, 퇴근 후 집에서는 저에게 집중할 수 있게 되었죠. 특별히 무언가를 해야 한다기보다는 그저 하고 싶은 걸 하고, 스트레스를 풀 수 있는 무언가를 하였습니다. 그렇게 되니 일에 대한 만족도도 높고, 제 삶에 대한 만족도가 높아지는 걸 느낄 수 있었죠. 퇴근 후에 어떤 걸 할지 생각하면서 일도 즐기게 되고, 실제로 그걸 하면서 제 삶을 즐길 수가 있다니!

공과 사를 구분하고 제 삶을 즐기게 될 즈음에 그제야 보이는 것들도 있었습니다. 건강이나 꾸미는 것들에 대한 거였죠. 평소에 손톱을 물어뜯는 습관을 가진 저는 그제야 엉망진창이 된 제 손톱과 손가락 살들을 바라보게 되었고, 천천히 없애며 건강을 얻을 수 있었습니다. 치아 건강도 마찬가지였습니다. 가장 중요하지만 간과했던 부분. 씹고 뜯고 맛보고 즐길 수 있는 이 중요한 치아에 대해서도 신경을 쓰지 못했던 거죠. 그래서 꼭 스케일링을 하고 치과 검진도 빠지지 않고 갈 수 있게 되었습니다. 시간을 활용하면서 제 삶에 집중하고 챙길 수 있는 것들을 다 챙기게 된 거죠.

뿐만 아니라 머리 스타일, 피부, 그 이외의 저와 관련된 모든 것들까지. 심지어는 억지로 유지하고 있었던 인간관계도 자연스럽고 적절하게 정리할 수 있는 여유까지 생겼습니다.

'카이막(Kaymak)'은 모 방송에서 환상의 맛이라고 소개된 이후 우리나라에서도 익숙한 디저트가 되었습니다. 이는 우유를 가열한 뒤 생겨난 지방 막으로 만드는 튀르키예의 전통 음식인데, 굉장히 진하고 고소하고 부드러우면서 순수한 맛이 난다고 합니다. 우유의 순수한 지방막으로 만든 디저트의 순수한 맛이라니. 온전한 저의 모든 것에 집중하는 제 모습과 많이 비슷하다고 생각합니다. 저라는 사람 그 자체를 신경 쓰게 되고 그로 인한 좋고 순수한 저를 발전시킬 수 있는 것. 카이막이 빵과 꿀을 곁들여서 먹곤 하는 디저트인데 저를 신경 쓰고 꾸미면서 다른 걸 할 수 있는 게 꼭 저와 닮아 있죠.

쉽지 않은 부분들을 점점 바꾸어 나가는 제 모습을 보면서 또 다른 만족을 얻고, 또 다른 변화를 일으키게 되는 마법. 온전하게 제 자신의 삶을 집중하고 즐길 수 있다는 그것 하나만으로도 이미 제 삶의 주도권을 제가 잡게 된 것입니다. 그로 인해 많은 변화를 하고 타인에게도 많은 변화를 줄 수 있는 건강하고 멋진 삶.

이제 여러분도 느리지만 포기하지 않고 꾸준히 본인의 인생에 집중해 보는 건 어떨까요?

## 11) 식빵 : 자기 합리화, 이제 그만!

\* 식빵(loaf bread, 食빵) : 밀가루, 물, 효모를 반죽해 틀에 넣어 구운 덩어리 빵 또는 그 덩어리 빵을 먹기 편하게 미리 잘라 놓은 빵이다. 식빵이 별다른 잡다한 부재료가 들어가지 않고 틀에 넣어 굽는 덩어리 빵이지만 그 자체로 도 즐기기도 한다.

자기 합리화 덩어리의 본체.

그게 바로 접니다.

제가 이걸 못 하는 이유는 제게 있는 게 아니라 누구라도 못했을 것이고, 제가 저걸 못 하는 이유는 다른 사람이 자꾸 방해를 해서 그랬고, 제가 또 다른 무언가를 하지 못한 이유는 아무튼 다른 것에 있습니다. 저한테 있지 않습니다. 제가 실패하거나 못 한 게 아니라 그럴 만한 이유가 일단 있습니다. 이거는 이래서, 저거는 저래서. 어쨌든 이유가 있습니다.

이런 생각들을 매번 하는 저는 자기 합리화 덩어리 그 자체인 거죠. 자기 합리화에 있어서는 항상 금메달을 손에 넣은 채 다른 곳에 시선을 던지며 혼자 기뻐하곤 했죠. 왜냐하면 제가 하지 못한 이유는 제게 있지 않으니까요.

때로는 본인 탓만 하지 않고 남 탓을 해야 정신 건강에 좋다고들 하지만, 저는 너무 지나친 남 탓과 자기 합리화로 인해 혼자 이상한 행복을 즐기고 있었습니다. 그렇게 하니 마음이 편안해졌고 자연스럽게 생각의 사고가 그런 방향으로 가게 된 거죠. 그것이 아주 일시적인 것인지도 모른 채로 말이에요.

이러한 자기 합리화는 저에게 많은 실패를 안겨 주었고 낙담시켰습니다. 어떤 노래와 같이 일곱 번 넘어져도 여덟 번 일어나야 했는데 저는 일곱 번 넘어지면 그대로 넘어진 채로 눌러 앉은 거죠.

우울을 이겨 내기 위해 이것저것 시도를 했을 때도 그랬습니다. 자격증을 따 보겠다고 시도했지만 공부를 하지 못한 이유는 제가 일을 하고 있었기 때문이고, 일 때문에 어차피 못 할 것이고, 자격증 따 봤자 저는 직장이 있는데 굳이 왜 이걸 해야 하는지 알 수 없기 때문이라 생각했습니다. 그렇기에 자격증 시험을 치겠다고 등록은 해 놓고 아주 당연하게 불합격 통보를 받았죠. 그래 놓고는 열심히 해도 합격하지 못했을 것이라는 자기 합리화를 또 한 번 시전합니다. 운동도, 취미도, 하다못해 제가 하고 있는 이 일에 대해서도 순간만 달콤한 자기 합리화를 하는 저는 아주 잠깐 외에 행복하지 않았습니다. 그 순간만큼은 벗어날 수 있어 좋았지만 장기적으로 봤을 때는 계속 뒤를 돌아보게 되고 후회를 했거든요.

하지만 우울과 이별하고 감정을 조절하기도 하고 여러 가지 시도를 하게 되니 이제는 저의 실수와 한계를 스스로 인정하게 되었습니다.

*딱 여기까지. 이 이상을 시도하게 되면 너무 과할지도 몰라. 때로는 모자란 게 과한 것보다 낫다는 얘기도 있잖아.*

하고 싶은 것이 있는 것을 정리하고선 할 수 있는 부분들을 꼼꼼하게 살핍니다. 그러고는 어디까지가 저의 최선이고 한계인지 확인을 한 뒤, 과한 목표를 잡지 않는 겁니다. 높은 목표와 과한 목표는 엄연히 다르니까요. 제가 가능한 만큼의 높은 목표를 잡고서 그것을 시도하는 겁니다. 그리고 그 목표를 이루었을 때 느끼는 성취감으로 또 다른 목표, 또 나은 목표를 잡아 계속 시도하는 것. 그리고, 시도하는 것을 포기하지 않는 것. 그것을 할 수 있게 된 것입니다.

가끔은 제가 생각했던 것보다 너무 높고 멀어 또 실패라는 이름이 드리웠을 때, 과감하게 포기하고 무시하고 갈 길을 가는 방법도 배울 수 있었습니다. 걸림돌에 넘어져 가능할 것이라 생각했던 것이 막히게 되더라도, 그것을 다시 한번 돌아보고 생각해 보며 제 한계가 맞았던 것인지, 아니면 저의 실수로 인한 것인지 파악을 하게 되었고, 그로 인한 모든 것들을 인정하고 받아들일 수 있는 여유가 생긴 거죠.

우리가 일반적으로 알고 있는 식빵도 마찬가지라고 생각합니다. 큰 재료가 들어가지 않고 제맛을 내는 식빵. 물론 다양한 것들을 곁들여 먹기도 하지만 식빵은 그 자체만으로도 사람들이 많이 즐기곤 합니다. 즉, 많고 다양한 노력을 하지 않아도 맛 좋은 디저트가 완성될 수 있다는 것을 식빵이 보여 주죠. 모자란 것이 과한 것보다 낫다는 것도 식빵 (loaf bread, 食빵)과 꼭 닮아 있기도 합니다.

넘어질 순 있습니다. 실패할 수도 있습니다. 불안해할 수도 있고, 조급해질 수도 있습니다. 하지만 중요한 건 멈추지 않는 것입니다. 포기하지 않는 것입니다.

이제는 저도, 당신도 할 수 있습니다.

## 에필로그

: 가끔 또 우울해져도 빵을 먹어 보아요

처음 디저트를 먹기 시작한 이유는 달콤하고 달달하고 종류가 많고 맛도 다양하다는 이유도 있었습니다. 하지만, 디저트에는 만드는 사람마다 보는 사람마다 듣는 사람마다 먹는 사람마다 각자 다른 견해가 있다는 게 너무나도 즐거워서 먹기 시작했습니다. 그만큼 한 가지의 디저트에는 사람마다 느끼는 감정과 맛이 다르다는 것이죠. 그 느낌을 알아 가는 것이 재미있었습니다. 제가 맛있다고 한 디저트가 다른 사람에게는 힘이 들 때 에너지를 주는 맛이라고도 하고, 또 다른 누군가는 슬플 때 눈물을 뚝 끊게 만들어 주는 맛이라고도 하죠. 다양한 이야기를 듣고 난 뒤 해당되는 디저트를 먹을 때면 또 느낌이 매번 달라진답니다. 그런 재미로 디저트를 끊지 못하는 거 같아요.

특히나 저에게 있어 디저트란 우울함과 무기력함을 이겨 내는 한 가지의 수단이기 때문에 디저트에 더욱 빠져들게 되고, 놓지 못하게 되었습니다. 우울을 이겨 내기 위한 방법이나, 우울을 표현할 때 디저트로 표현한 것에는 그러한 이유도 있었죠. 제가 좋아하는 디저트로 저의 감정과 상황을 표현하면 어떨까? 이것이 이 책의 시작이 되는 생각이었습니다. 글을 쓰다 보니 참 다양한 상황이 저를 우울하게 만들었고, 참 다양한 행동이 저를 이겨 내게 만들었다는 걸 알게 되었죠. 스스로 어려움을 파악하고 이겨 내려는 의지가 드러나는 게 좋았습니다. 결국 만족스러운 결과를 냈다는 것도 좋았죠.

그렇기에 저의 경험을 다른 사람들과 나누고 싶었습니다. 저는 이렇게 힘들었지만, 이러한 방법으로 이겨 냈으니 같은 상황이나 같은 감정을 가지고 있는 분들에게 조금의 도움이 되고 싶었어요. 사람마다 감정을 이겨 내는 방법은 다르겠지만, 참고가 되어 열 가지 중 하나의 도움이 되면 얼마나 좋을까 싶었습니다.

그리고, 저는 책을 읽을 때마다 문제가 해결되는 장면을 보면 제 문제가 해결된 것마냥 너무나도 행복하고 기뻐요. 뭔가 통쾌하다는 생각까지 듭니다. 그러니 다른 사람들도 제가 이겨 내는 모습을 보며 함께 기뻐했으면 좋겠다고 생각했어요. 이렇게 평범한 사람도 저런 노력으로 이겨 내는구나. 그렇다면 평범한 나도, 평범하지 않은 나도 어쩌면 가능하지 않을까? 이런 긍정적인 에너지를 심어 주는 것은 옵션과 같은 효과겠지만 그것 역시 바라고 있답니다.

이렇게 우울을 이겨 내고 다시 평범한 삶을 살아가는 이야기를 가득 담았지만, 저는 이 글을 쓰고 마무리하고 출판을 준비하면서도 수도 없이 다시 우울해졌던 적이 많습니다. 시도해 보았던 것들을 또 시도해 보고, 또다시 기쁨을 만끽하는 등 이 책에 담긴 내용을 아주 많이 반복했어요. 그러나 결국 다시 이겨 내고 또 그 감정으로 며칠을 살아가고…. 또다시 우울을 선결제해서 빵을 사 먹고 또 사 먹게 되겠지만, 그러면 좀 어떻습니까. 다시 이겨 낼 수 있고 이겨 냈었고, 이겨 낼 의지가 우리에겐 있으니까요. 우울은 또 이겨 내는 맛 아니겠습니까.

또다시 우울을 선결제하게 되어 다시 결제 취소를 위한 다양한 시도를 하게 되더라도, 꼭 마지막은 행복함과 기쁨을 만끽하는 삶이 되기를 간절히 바라고 있겠습니다. 저도, 이 책을 읽는 여러분에게도.

_이 순간에도 브라우니를 먹고 있는 작가 한혜령 올림

# 우울해지면
# 디저트를 맛보아요

ⓒ 한혜령, 2023

초판 1쇄 발행 2023년 9월 1일

지은이      한혜령
펴낸이      이기봉
편집        좋은땅 편집팀
펴낸곳      도서출판 좋은땅
주소        서울특별시 마포구 양화로12길 26 지월드빌딩 (서교동 395-7)
전화        02)374-8616~7
팩스        02)374-8614
이메일      gworldbook@naver.com
홈페이지     www.g-world.co.kr

ISBN    979-11-388-2240-4 (03810)